Ludwig Thoma
Der Münchner im Himmel

Ludwig Thoma

Der Münchner im Himmel

Bayerische Geschichten

Mit einem Nachwort von Friedrich Prinz

Artemis & Winkler

Text nach: Ludwig Thoma, Gesammelte Werke,
München 1922.
Text der Schlierseer Volksballade auf S. 150
(»Wildschütz Jennerwein«) nach: Otto Holzapfel,
Das große deutsche Volksballadenbuch,
Düsseldorf/Zürich, Artemis & Winkler 2000.
Auswahl der Texte: Friedrich Prinz, Ulrich Mattejiet

Bibliografische Information der Deutschen Nationalbibliothek
Die Deutsche Nationalbibliothek verzeichnet diese Publikation
in der Deutschen Nationalbibliografie;
detaillierte bibliografische Daten sind im Internet
über http://dnb.d-nb.de abrufbar.

© Artemis & Winkler Verlag 2001; Nachdruck 2014
Bibliographisches Institut GmbH,
Mecklenburgische Straße 53, 14197 Berlin
Alle Rechte vorbehalten.
Umschlagmotiv: Illustration von Walter Reiner
Umschlaggestaltung: Büroecco, Augsburg
Druck und Bindung: GGP Media GmbH,
Karl-Marx-Straße 24, 07381 Pößneck
Printed in Germany
ISBN 978-3-411-16036-5
www.artemisundwinkler.de

◆◆◆◆◆◆◆◆◆◆◆◆◆◆◆◆◆◆◆◆◆◆◆◆◆◆◆◆◆◆◆◆◆◆◆◆◆◆◆

Inhalt

LAUSBUBENSOMMER

DAS SCHÖNE GESCHLECHT

SÜNDENLUST UND FROMMER EIFER

BAYERNS GLANZ UND
PREUSSENS GLORIA

DIES VERSCHMITZTE VOLK
DER BAYERN

Lausbubensommer

Forsthaus im Isarwinkel

Meine ersten Erinnerungen knüpften sich an das einsame Forsthaus, an den geheimnisreichen Wald, der dicht daneben lag, an die kleine Kapelle, deren Decke ein blauer, mit vergoldeten Sternen übersäter Himmel war.

Wenn man an heißen Tagen dort eintrat, umfing einen erfrischende Kühle und eine Stille, die noch stärker wirkte, weil das gleichmäßige Rauschen der Isar deutlich herauftönte.

Hinterm Hause war unter einem schattigen Ahorn der lustig plätschernde Brunnen ganz besonders merkwürdig und anziehend für uns, weil in seinem Granter gefangene Äschen und Forellen herumschwammen, die sich nie erwischen ließen, so oft man auch nach ihnen haschte.

Aus: Erinnerungen

◆◆

In den Ferien

Es ist die große Vakanz gewesen, und sie hat schon vier Wochen gedauert. Meine Mutter hat oft geseufzt, daß wir so lange frei haben, weil alle Tage etwas passiert, und meine Schwester hat gesagt, daß ich die Familie in einen schlechten Ruf bringe.

Da ist einmal der Lehrer Wagner zu uns auf Besuch gekommen. Er kommt öfter, weil meine Mutter soviel vom Obst versteht, und er kann sich mit ihr unterhalten.

Er hat erzählt, daß seine Pfirsiche schön werden, und daß es ihm Freude macht. Und dann hat er auch gesagt, daß die Volksschule in zwei Tagen schon wieder angeht und seine Vakanz vorbei ist.

Meine Mutter hat gesagt, sie möchte froh sein, wenn das Gymnasium auch schon angeht, aber sie muß es noch drei Wochen aushalten.

Der Lehrer Wagner sagte: »Ja, ja, es ist nicht gut, wenn die Burschen so lange frei haben. Sie kommen auf alles mögliche.«

Und dann ist er gegangen. Zufällig hatte ich an diesem Tage eine Forelle gestohlen gehabt, und der Fischer ist zornig zu uns gelaufen und hat geschrien, er zeigt es an, wenn er nicht drei Mark dafür kriegt.

Da bin ich furchtbar geschimpft worden, aber meine Schwester hat gesagt: »Was hilft es? Morgen fängt er etwas anderes an, und kein Mensch mag mehr mit uns verkehren. Gestern hat mich der Amtsrichter so kalt gegrüßt, wie er vorbeigegangen ist. Sonst bleibt er immer stehen und fragt, wie es uns geht.«

Meine Mutter hat gesagt, daß etwas geschehen muß, sie weiß noch nicht, was.

Auf einmal ist ihnen eingefallen, ob ich vielleicht in der Vakanz in die Volksschule gehen kann, der Herr Lehrer tut ihnen gewiß den Gefallen.

Ich habe gesagt, das geht nicht, weil ich schon in die zweite Klasse von der Lateinschule komme, und wenn es die anderen erfahren, ist es eine furchtbare Schande vor meinen Kommilitonen. Lieber will ich nichts mehr anfangen und sehr fleißig sein.

Meine liebe Mutter sagte zu meiner Schwester:

»Du hörst es, daß er jetzt anders werden will, und wenn es für ihn doch so peinlich ist wegen der Kolimitonen, wollen wir noch einmal warten.«

Sie kann sich keine lateinischen Worte merken.

Ich war froh, daß es so vorbeigegangen ist, und ich habe mich recht zusammengenommen.

Einen Tag ist es gut gegangen, aber am Mittwoch habe ich es nicht mehr ausgehalten.

Neben uns wohnt der Geheimrat Bischof in der Sommerfrische. Seine Frau kann mich nicht leiden, und wenn ich bloß an den Zaun hinkomme, schreit sie zu ihrer Magd: »Elis, geben Sie acht, der Lausbube ist da.«

Sie haben eine Angorakatze; die darf immer dabeisitzen, wenn sie Kaffee trinken im Freien, und die Frau Geheimrat fragt: »Mag Miezchen ein bißchen Milch? Mag Miezchen vielleicht auch ein bißchen Honig?«

Als wenn sie ja sagen könnte oder ein kleines Kind wäre. Am Mittwoch ist die Katze bei uns herüben gewesen, und unsere Magd hat sie gefüttert. Da habe ich sie genommen, wie es niemand gesehen hat, und habe sie eingesperrt im Stall, wo ich früher zwei Königshasen hatte.

Dann habe ich aufgepaßt, wie sie Kaffee getrunken haben.

Die Frau Geheimrat war schon da und hat gerufen: »Miezi! Miezi! Elis, haben Sie Miezchen nicht gesehen?«

Aber die Magd hat es nicht gewußt, und sie haben sich hingesetzt, und ich habe hinter dem Vorhang hinübergeschaut.

Dann hat die Frau Geheimrat zu ihrem Mann gesagt: »Eugen, hast du Miezchen nicht gesehen?«

Und er hat gesagt: »Vüloicht, ich woiß es nücht.« Und dann hat er wieder in der Zeitung gelesen.

Aber die Frau Geheimrat war ganz nachdenklich, und wie sie ein Butterbrot geschmiert hat, hat sie gesagt: »Ich kann mir nicht denken, wo Miezchen bleibt. Sie fängt doch keine Mäuse nicht?«

Indes bin ich geschwind in den Stall und habe die Katze genommen. Ich habe ihr an den Schweif einen Pulverfrosch gebunden und bin hinten an das Haus vom Geheimrat am Zaun und habe den Frosch angezündet. Dann habe ich die Katze freigelassen. Sie ist gleich durch den Zaun geschloffen und furchtbar gelaufen.

Die Magd hat geschrien: »Frau Geheimrat, Mieze kommt schon.« Und dann habe ich die Stimme von ihr gehört, wie sie gesagt hat: »Wo ist nur mein Kätzchen? Da bist du ja! Aber was hat das Tierchen am Schweif?« Dann hat es furchtbar gekracht und gezischt, und sie haben geschrien und die Tassen am Boden hingeschmissen, und wie es still war, hat der Geheimrat gesagt: »Das üst wüder düser ruchlose Lauspube gewösen.«

Ich habe mich im Zimmer von meiner Schwester versteckt; da kann man in unseren Garten hinunterschauen. Meine Mutter und Anna haben auch Kaffee getrunken, und meine liebe Mutter sagte gerade: »Siehst du, Ännchen, Ludwig ist nicht so schlimm; man muß ihn nur zu behandeln verstehen. Gestern hat er den ganzen Tag gelernt, und es ist gut, daß wir ihn nicht vor seinen Kolimitonen blamiert haben.« Und Anna sagte: »Ich möchte bloß wissen, warum der Herr Amtsrichter nicht stehengeblieben ist.«

Jetzt ist auf einmal am Eingang von unserem Garten der Geheimrat und die Frau Geheimrat gewesen, und meine Mutter sagte: »Ännchen, sitzt meine Haube nicht schief? Ich glaube gar, Geheimrats machen uns Besuch.«

Und sie ist aufgestanden und ihnen entgegengegangen, und ich hörte, daß sie gesagt hat: »Nein, das ist lieb von Ihnen, daß Sie kommen.« Aber der Geheimrat hat ein Gesicht gemacht, als wenn er mit einer Leiche geht, und sie ist ganz rot gewesen und hat den abgebrannten Frosch in der Hand gehabt und hat erzählt, daß die Katze jetzt wahnsinnig ist und drei Tassen kaputt sind. Und daß es niemand anderer getan hat wie ich. Da sind meiner Mutter die Tränen heruntergelaufen, und der Geheimrat hat gesagt: »Woinen Sü nur, gute Frau! Woinen Sü über Ühren mißratenen Sohn!« Und dann haben sie verlangt, daß meine Mutter die Tassen bezahlt, und eine kostet zwei Mark, weil es so gutes Porzellan war.

Ich bin furchtbar zornig geworden, wie ich gesehen habe, daß meine alte Mutter den kleinen, alten Geldbeutel herausgetan hat und ihre Hände waren ganz zittrig, wie sie das Geld aufgezählt hat.

Die Frau Geheimrat hat es geschwind eingesteckt und hat gesagt, das Schrecklichste ist, daß die arme Katze wahnsinnig geworden ist, aber sie wollen es nicht anzeigen aus Rücksicht auf meine Mutter. Dann sind sie gegangen, und er hat noch gesagt: »Der Hümmel prüft Sü hart mit Ührem Künde.«

Ich habe noch länger in den Garten hinuntergeschaut. Da ist meine Mutter am Tisch gesessen und hat sich mit ihrem Sacktuch die Tränen abgewischt, aber es sind immer neue gekommen, und bei Ännchen auch. Das Butterbrot ist auf dem Teller gewesen, und sie haben es nicht mehr essen mögen. Ich bin ganz traurig geworden, und ich bin fort, daß sie mich nicht gesehen haben.

Ich habe gedacht, wie es gemein ist von dem Geheimrat, daß er das Geld genommen hat, und wie ich ihm dafür etwas antun muß. Ich möchte die Katze kaputt machen, daß es niemand merkt, und ihr den Schweif abschneiden. Wenn sie dann ruft: »Wo ist denn nur unser Miezchen?«, schmeiße ich den Schweif über den Zaun hinüber. Aber ich muß mich noch besinnen, wie ich es mache, daß es niemand merkt. Da bin ich wieder lustig geworden, weil ich gedacht habe, was sie für ein Gesicht machen wird, wenn sie bloß mehr den Schweif sieht. Dann bin ich heim zum Essen gegangen. Anna ist schon an der Tür gestanden und hat gesagt, daß ich allein essen muß in meinem Zimmer, und daß ich morgen in die Schule gehen muß. Der Herr Lehrer Wagner hat es angenommen und hat versprochen, daß er mit mir streng ist. Ich habe schimpfen gewollt, weil es doch eine Schande ist, wenn ein Lateinschüler mit den dummen Schulkindern zusammensitzt, aber ich habe gedacht, daß meine Mutter so geweint hat.

Und da habe ich mir alles gefallen lassen.

Ich bin am andern Tag in die Schule gegangen. Es war bloß ein Zimmer, und da waren alle Klassen darin, und auf der einen Seite waren die Buben und auf der anderen die Mädchen.

Wie ich gekommen bin, hat mich der Lehrer in die erste Bank gesetzt. Dann hat er gesagt, daß sich die Kinder Mühe geben sollen, weil heute ein großer Gelehrter unter ihnen sitzt, der Lateinisch kann.

Das hat mich verdrossen, weil die Kinder gelacht haben. Aber ich habe es mir nicht merken lassen. Einer hat ein Lesestück vorlesen müssen. Es hat geheißen »Der Abend«

und ist so angegangen: »Die Sonne geht zur Ruhe, und am Himmel kommt der Abendstern. Die Vöglein verstummen mit ihrem lieblichen Gesange; nur die Grillen zirpen im Felde. Da geht der fleißige Bauersmann heim. Sein Hund bellt freudig, und die Kinder springen ihm entgegen.« So ist es weitergegangen. Es war furchtbar dumm, und ich habe gedacht, was es für eine Schande ist für einen Lateinschüler, daß er dabeisitzen muß.

Der Lehrer sagte, die Kinder von der siebenten Klasse müssen es nun aus dem Kopfe schreiben, und er ladet den Herrn Lateinschüler auch ein.

Er hat mir eine Tafel und einen Griffel gegeben, und dann sagte er, daß er eine halbe Stunde in die Kirche fort muß, und daß die Furtner Marie die Aufsicht hat. Sie war auch von der siebenten Klasse und die Tochter von einem Bauern, der nicht weit von uns ein Haus hat. Da bin ich noch zorniger geworden, daß ich einem Mädel folgen soll.

Wie der Lehrer draußen war, habe ich den Leitner, der neben mir gesessen ist, ganz ruhig gefragt, ob er heute nachmittag zum Fischen mitgehen will.

Da hat die Furtner Marie gerufen: »Ruhig! Wenn du noch einmal schwätzest, wirst du aufgeschrieben.«

»Entschuldigen Sie, Fräulein Lehrerin«, habe ich gesagt, »ich will es nicht mehr tun.«

Dann habe ich einen Schlüssel aus der Tasche gezogen und habe probiert, ob er noch pfeift.

Da ist die Furtner Marie zur Tafel hinaus und hat hingeschrieben: »Thoma hat gepfiffen.«

Ich bin aufgestanden und habe gesagt: »Entschuldigen Sie, Fräulein Lehrerin, was muß ich denn machen, daß Sie mich nicht aufschreiben?«

Sie sagte, daß ich den Aufsatz »Der Abend« schreiben muß. Da habe ich geschwind etwas geschrieben, und dann bin ich wieder aufgestanden und habe gesagt: »Entschuldigen Sie, Fräulein Lehrerin, darf ich es nicht vorlesen, daß Sie mir sagen, ob es recht ist?«

Da ist die dumme Gans stolz gewesen, daß sie einem Lateinschüler etwas sagen muß, und sie hat gesagt: »Ja, du darfst es vorlesen.«

Da habe ich recht laut gelesen:

»Die Sonne geht zur Ruhe. Der Abendstern ist auf dem Himmel. Vor dem Wirtshause ist es still. Auf einmal geht die Tür auf, und der Hausknecht wirft einen Bauersmann hinaus. Er ist betrunken. Es ist der Furtner Marie ihr Vater.«

Da haben alle Kinder gelacht, und die Furtner hat zu heulen angefangen. Sie ist wieder an die Tafel hin und hat geschrieben: »Thoma war ungezogen.« Das hat sie dreimal unterstrichen. Ich bin aus meiner Bank gegangen und habe den Schwamm genommen und habe ihre Schrift ausgewischt.

Und dann habe ich die Furtner Marie bei ihrem Zopf gepackt und habe sie gebeutelt, und zuletzt habe ich ihr eine Ohrfeige hineingehauen, damit sie weiß, daß man einen Lateinschüler nicht aufschreibt.

Jetzt ist der Lehrer gekommen, und er war zornig, wie er alles erfahren hat. Er sagte, daß er nur wegen meiner Mutter mich nicht gleich hinauswirft, aber daß er mich zwei Stunden nach der Schule einsperrt. Das hat er auch getan. Wie die Kinder fort waren, habe ich dableiben müssen, und der Lehrer hat die Tür mit dem Schlüssel zugesperrt. Es war schon elf Uhr, und ich habe furchtbar Hunger gehabt, und ich habe auch gedacht, was es für eine Schande ist, daß ich in einer Volksschule eingesperrt bin.

Da habe ich geschaut, ob ich nicht durchbrennen kann und vielleicht beim Fenster hinunterspringen. Aber es war im ersten Stock zu hoch, und es waren Steine unten. Da schaute ich auf der andern Seite, wo der Garten war. Wenn man auf die Erde springt, tut es vielleicht nicht weh. Ich machte das Fenster auf und dachte, ob ich es probiere. Da habe ich auf einmal gesehen, daß an der Mauer die Latten für das Spalierobst sind, und ich habe gedacht, daß sie mich schon tragen.

Ich bin langsam hinausgestiegen und habe die Füße ganz vorsichtig auf die Latten gestellt. Sie haben mich gut getragen, und wie ich gesehen habe, daß es nicht gefährlich ist, da ist mir eingefallen, daß ich die Pfirsiche mitnehmen kann. Ich habe alle Taschen vollgesteckt und den Hut auch. Dann bin ich erst heim und legte die Pfirsiche in meinen Kasten.

Am Nachmitttag ist ein Brief vom Herrn Lehrer gekommen, daß ich die Schule nicht mehr betreten darf.

Da war ich froh.

Der Meineid

*W*erners Heinrich sagte, seine Mama hat ihm den Umgang mit mir verboten, weil ich so was Rohes in meinem Benehmen habe, und weil ich doch bald davongejagt werde. Ich sagte zu Werners Heinrich, daß ich auf seine Mama pfeife, und ich bin froh, wenn ich nicht hin muß, weil es in seinem Zimmer so muffelt. Dann sagte er, ich bin ein gemeiner Kerl, und ich gab ihm eine feste auf die Backe und ich schmiß ihn an den Ofenschirm, daß er hinfiel.

Und dann war ihm ein Zahn gebrochen, und die Samthose hatte ein großes Loch über dem Knie.

Am Nachmittag kam der Pedell in unsere Klasse und meldete, daß ich zum Herrn Rektor hinunter soll.

Ich ging hinaus und schnitt bei der Tür eine Grimasse, daß alle lachen mußten. Es hat mich aber keiner verschuftet, weil sie schon wußten, daß ich es ihnen heimzahlen würde. Werners Heinrich hat es nicht gesehen, weil er daheim blieb, weil er den Zahn nicht mehr hatte.

Sonst hätte er mich schon verschuftet.

Ich mußte gleich zum Herrn Rektor hinein, der mich mit seinen grünen Augen sehr scharf ansah.

»Da bist du schon wieder, ungezogener Bube«, sagte er, »wirst du uns nie von deiner Gegenwart befreien?«

Ich dachte mir, daß ich sehr froh sein möchte, wenn ich den ekelhaften Kerl nicht mehr sehen muß, aber er hatte mich doch selber gerufen.

»Was willst du eigentlich werden«, fragte er, »du verrohtes Subjekt? Glaubst du, daß du jemals die humanistischen Studien vollenden kannst?«

Ich sagte, daß ich es schon glaube. Da fuhr er mich aber an und schrie so laut, daß es der Pedell draußen hörte und es allen erzählte. Er sagte, daß ich eine Verbrechernatur habe und eine katilinarische Existenz bin, und daß ich höchstens ein gemeiner Handwerker werde, und daß schon im Altertum alle verworfenen Menschen so angefangen haben wie ich.

»Der Herr Ministerialrat Werner war bei mir«, sagte er, »und schilderte mir den bemitleidenswerten Zustand seines Sohnes«, und dann gab er mir sechs Stunden Karzer als Rektoratsstrafe wegen entsetzlicher Roheit. Und meine Mutter bekam eine Rechnung vom Herrn Ministerialrat, daß sie achtzehn Mark bezahlen mußte für die Hose.

Sie weinte sehr stark, nicht wegen dem Geld, obwohl sie fast keines hatte, sondern weil ich immer wieder was anfange. Ich ärgerte mich furchtbar, daß meine Mutter soviel Kummer hatte, und nahm mir vor, daß es Werners Heinrich nicht gut gehen soll.

Die zerrissene Hose hat uns der Herr Ministerialrat nicht gegeben, obwohl er eine neue verlangte.

Am nächsten Sonntag nach der Kirche wurde ich auf dem Rektorat eingesperrt. Das war fad.

In dem Zimmer waren die zwei Söhne vom Herrn Rektor. Der eine mußte übersetzen und hatte lauter dicke Bücher auf seinem Tische, in denen er nachschlagen mußte. Jedesmal, wenn sein Vater hereinkam, blätterte er furchtbar schnell um und fuhr mit dem Kopfe auf und ab.

»Was suchst du, mein Sohn?« fragte der Rektor. Er antwortete nicht gleich, weil er ein Trumm Brot im Munde hatte. Er schluckte es aber doch hinunter und sagte, daß er ein griechisches Wort sucht, welches er nicht finden kann. Es war aber nicht wahr; er hatte gar nicht gesucht, weil er immer Brot aus der Tasche aß. Ich habe es ganz gut gesehen.

Der Rektor lobte ihn aber doch und sagte, daß die Götter den Schweiß vor die Tugend hinstellen, oder so was.

Dann ging er zum andern Sohn, welcher an einer Staffelei stand und zeichnete. Das Bild war schon beinah fertig. Es war eine Landschaft mit einem See und viele Schiffe darauf. Die Frau Rektor kam auch herein und sah es an, und der Rektor war sehr lustig. Er sagte, daß es bei dem Schlußfeste ausgestellt wird, und daß alle Besucher sehen können, daß die schönen Künste gepflegt werden.

Dann gingen sie und die zwei Söhne gingen auch, weil es zum Essen Zeit war. Ich mußte allein bleiben und bekam nichts zu essen.

Ich machte mir aber nichts daraus, weil ich eine Salami bei mir hatte, und ich dachte mir, daß die zwei dürren Rektorssöhne froh wären, wenn sie so viel kriegten.

Der Ältere stellte sein Bild an das Fenster im Nebenzimmer. Das sah ich genau. Ich wartete, bis alle draußen waren, und las dann die Geschichte vom schwarzen Apachenwolf weiter, die ich heimlich dabei hatte.

Um vier Uhr wurde ich herausgelassen vom Pedell. Er sagte: »So, diesmal warst du aber feste drin.« Ich sagte: »Das macht mir gar nichts.« Es machte mir aber schon etwas, weil es so furchtbar fad war. Am Montagnachmittag kam der Rektor in die Klasse und hatte einen ganz roten Kopf. Er schrie, gleich wie er herein war: »Wo ist der Thoma?« Ich stand auf. Dann ging es an. Er sagte, ich habe ein Verbrechen begangen, welches in den Annalen der Schule unerhört ist, eine herostratische Tat, die gleich nach dem Brande des Dianatempels kommt. Und ich kann meine Lage nur durch ein reumütiges Geständnis einigermaßen verbessern.

Dabei riß er den Mund auf, daß man seine abscheulichen Zähne sah, und spuckte furchtbar und rollte seine Augen.

Ich sagte: »Ich weiß nichts; ich habe doch gar nichts getan.« Er hieß mich einen verruchten Lügner, der den Zorn des Himmels auf sich zieht. Aber ich sagte: »Ich weiß doch gar nichts.« Und dann fragte er alle in der Klasse, ob sie nichts gegen mich aussagen können, aber niemand wußte nichts. Und dann sagte er es unserem Professor. In der Frühe sah man, daß im Zimmer neben dem Rektorat das Fenster eingeschmissen war, und ein großer Stein lag am Boden, der war auch durch das Bild gegangen, welches der Sohn gemalt hatte, und es war kaputt und lag auch auf dem Boden.

Unser Professor war ganz entsetzt, und sein Bart und seine Haare standen in die Höhe. Er fuhr auf mich los und brüllte: »Gestehe es, Verruchter, hast du diese schändliche Tat begangen?« Ich sagte, ich weiß doch gar nichts, das wird mir schon zu arg, daß ich alles getan haben muß.

Der Rektor schrie wieder: »Wehe dir, dreimal wehe! Wenn ich dich entdecke! Es kommt doch an die Sonne.«

Und dann ging er hinaus. Und nach einer Stunde kam der Pedell und holte mich auf das Rektorat. Da war schon unser Religionslehrer da und der Rektor. Das Bild lag auf einem Stuhl und der Stein auch. Davor stand ein kleiner Tisch. Der war mit einem schwarzen Tuch bedeckt, und zwei brennende Kerzen waren da und ein Kruizfix.

Der Religionslehrer legte seine Hand auf meinen Kopf und tat recht gütig, obwohl er mich sonst gar nicht leiden konnte.

»Du armer, verblendeter Junge«, sagte er, »nun schütte dein Herz aus und gestehe mir alles. Es wird dir wohltun und dein Gewissen erleichtern.«

»Und es wird deine Lage verbessern«, sagte der Rektor.

»Ich war es doch gar nicht. Ich habe doch gar kein Fenster nicht eingeschmissen«, sagte ich.

Der Religionslehrer sah jetzt sehr böse aus. Dann sagte er zum Rektor: »Wir werden jetzt sofort Klarheit haben. Das

Mittel hilft bestimmt.« Er führte mich zum Tische, vor die Kerzen hin, und sagte furchtbar feierlich:

»Nun frage ich dich vor diesen brennenden Lichtern. Du kennst die schrecklichen Folgen des Meineides vom Religionsunterrichte. Ich frage dich: Hast du den Stein hineingeworfen? Ja – oder nein?«

»Ich haben doch gar keinen Stein nicht hineingeschmissen«, sagte ich.

»Antworte ja – oder nein, im Namen alles Heiligen!«

»Nein«, sagte ich.

Der Religionslehrer zuckte die Achseln und sagte: »Nun war er es doch nicht. Der Schein trügt.«

Dann schickte mich der Rektor fort.

Ich bin recht froh, daß ich gelogen habe und nichts eingestand, daß ich am Sonntagabend den Stein hineinschmiß, wo ich wußte, daß das Bild war. Denn ich hätte meine Lage gar nicht verbessert und wäre davongejagt worden. Das sagte der Rektor bloß so. Aber ich bin nicht so dumm.

◆◆◆◆◆◆◆◆◆◆◆◆◆◆◆◆◆◆◆◆◆◆◆◆◆◆◆◆◆◆◆◆◆◆◆◆◆◆

Hauptmann Semmelmaier

Es ist in der Zeitung gestanden, daß der Hauptmann Semmelmaier und seine Frau die ungeratenen Kinder auf den
rechten Weg bringen und sie zu gute Schüler verwandeln,
weil er ein Offizier war, und sie war eine Guwernante.

Da haben sie mich hingebracht. Meine Mutter hat nicht
wollen, aber die andern haben gesagt, es ist ein Fingerzeig
Gottes, und es ist das letzte Mittel, was man für mich hat. Da
hat meine Mutter gesagt, in Gottes Namen, man muß es
probieren, ob es vielleicht der Hauptmann Semmelmaier
kann, und sie ist mit mir in die Stadt gefahren. Er wohnt in
der Herrenstraße, und man muß vier Stiegen hinauf. Meine
Mutter ist nach jeder Stiege hingestanden und hat ausge-
schnauft und hat einen Seufzer gemacht. Sie hat gesagt, daß
sie es nicht geglaubt hat, wo sie überall hingehen muß mit
mir.

Und dann sind wir oben gewesen, und ich habe geläutet.
Eine Magd hat aufgemacht, und sie hat mich angeschaut,
wie die Leute immer schauen, wenn der Schandarm einen
bringt. Aber sie hat uns in ein Zimmer geführt, wo wir
haben warten gemußt. Auf einmal ist die Tür aufgegangen
und ein Mann und eine Frau ist gekommen. Der Mann war
groß und er hat einen Bauch gehabt, und sein Bart ist bis auf
den Bauch gehängt, und seine Augen sind ganz rund gewesen, und er hat sie beim Reden furchtbar gekugelt, aber
wenn er was Trauriges gesagt hat, da hat er die Deckel darüber fallen gelassen. Er hat ganz langsam geredet, und ein

Wort hat lang gedauert, weil es durch die Nase gegangen ist, und sie war furchtbar groß. Er hat mir gar nicht gefallen, und die Frau hat mir aber auch nicht gefallen. Sie war ganz klein und mager, und ihre Nase war gelb, und ihre Augen sind schnell herumgegangen, und sie hat beim Reden den Mund bloß ein bißchen aufgemacht, und da hat es getan, als wenn es dazu pfeift.

Der Mann hat gesagt, er hat die Ehre mit die Frau Oberförster Thoma, nicht wahr? Meine Mutter hat gesagt, ja, und sie ist gekommen, weil der Herr Hauptmann so berühmt ist wegen seine Erziehungskunst, und sie hat schon geschrieben. Der Mann hat gesagt, er weiß alles, und dann hat er seine Hand auf meinen Kopf getan, und er hat gesagt, er muß also einen tüchtigen Menschen aus diesem Purschen machen, nicht wahr? Meine Mutter hat gesagt, man muß es probieren, und vielleicht geht es in Gottes Namen. Der Mann hat seine Augen gekugelt und hat gesagt, es geht. Und die Frau hat gesagt, sie haben schon hundertfünfzig Knaben verwandelt, und es sind viele dabei gewesen, wo man keine Hoffnung nicht mehr gehabt hat, und heute sind sie nützliche Menschen, zum Beispiel Assessor und Offizier und Studenten.

Da hat der Mann gesagt, es ist wunderbar, wie die Leute für ihn schwärmen, wenn sie verwandelt sind, und erst gestern ist ein Leutnant dagewesen, der gesagt hat, er verdankt ihm alles, was er geworden ist, und er ist jetzt Ulan. Meine Mutter hat gesagt, ich muß aufmerken und ich muß den Vorsatz nehmen, daß ich auch einmal komme und dem Herrn Hauptmann danke. Er kommt, hat der Mann gesagt; es gibt keinen Zweifel nicht, daß einmal die Tür aufgeht und ein ritterlicher Offizier geht herein und sagt, daß er der Ludwig Thoma ist und dem alten Semmelmaier die Hand drücken muß. In Gottes Namen, man muß es hoffen, hat meine Mutter gesagt, und sie glaubt es, weil er doch auch ein

Offizier war. Da hat der Mann seinen Bart genommen, und er hat ihn die Höhe getan, daß man einen Orden gesehen hat. Er hat mit dem Finger hingedeutet, und er hat gesagt, daß er ihn bekommen hat von einem König und daß er ihn verdient hat auf das Schlachtfeld von Wörth. Dann hat er seinen Bart wieder fallen gelassen. Und dann hat er gesagt, er muß gehen, weil der Graf Bentheim auf ihn wartet, und er hat ihn auch verwandelt. Meine Mutter hat gesagt, sie ist ganz froh, weil der Hauptmann ihr so viel Hoffnung macht, und sie ist dankbar. Der Mann hat die Deckel über seine Augen getan und hat gesagt, er will mich ansehen für seinen Sohn, und dann hat er wieder die Hand auf meinen Kopf gelegt, und er hat gesagt, daß der Tag kommt, wo der junge Mann dem alten Semmelmaier die Hand drückt. Und dann ist er gegangen.

Meine Mutter hat zu der Frau gesagt, sie hat gesehen, daß ich an die richtige Stelle bin und ein gutes Beispiel vor Augen habe. Und die Frau hat gesagt, es ist die Hauptsache, daß man Vertrauen hat, und sie bittet meine Mutter, daß sie ihr sagt, auf was man bei ihm Obacht geben muß. Da hat meine Mutter einen Seufzer gemacht, und sie hat gesagt, ich habe ein gutes Herz, aber ich bin ein bißchen zerstreut, und ich lerne nicht gern, und ich denke lieber an andere Sachen, und ich nehme mir immer alles Gute vor, aber ich tue es nicht.

Die Frau hat gesagt, es sind lauter Fehler, die ihr Mann kurieren kann; er hat ein eisernes Pflichtgefühl, und er bringt es in die Knaben hinein. Da hat meine Mutter gesagt, ich bin auch ein bißchen trotzig, und man kann mit der Güte bei mir viel mehr hineinbringen als mit der Strenge. Die Frau hat mit dem Kopf genickt und hat gesagt, daß ihr Mann die Güte auch kann. Die Knaben werden ganz weich, weil er so gut ist, und er sagt immer, er muß ihr Vater sein. Meine Mutter hat ihr die Hand gegeben und hat gesagt, sie bittet, daß die Frau auch die Mutter macht von mir. Die Frau hat gesagt, sie will es tun, und sie hat mich ins Gesicht gestreichelt, aber es war ekelhaft, weil ihre Finger ganz kalt und naß sind. Dann sind wir in der Wohnung herumgegangen, und sie hat meiner Mutter gezeigt, wo mein Zimmer ist. Es ist schön gewesen, und es war eine Bücherstelle da und ein Schreibtisch und ein Schrank und ein Bett. Das Fenster war groß, und man hat viele Häuser gesehen. Meine Mutter hat gesagt, daß es so hell und reinlich ist, und da kann ich furchtbar studieren, und ich soll nicht zu oft bei dem Fenster hinausschauen, und ich muß Ordnung haben im Schrank und auf dem Tisch, und wenn ich vielleicht recht fleißig bin, darf ich wieder heim. Ich habe gedacht, ich will so tun, als wenn ich gleich verwandelt bin, daß ich bald fort darf, denn ich habe schon Heimweh gehabt, und die Frau hat mir gar nicht gefallen. Meine Mutter hat gefragt, ob noch andere Knaben da sind. Die Frau hat gesagt, es sind zwei Baron und drei andere da, und vielleicht kommt noch ein Graf, und zwei sind jetzt das dritte Jahr da und sind beinah fertig gemacht, aber die anderen drei sind erst ein Jahr in der Arbeit, und man sieht aber schon die Verwandlung. Bloß einer ist widersetzig, und ihr Mann muß oft bei der Nacht aufwachen und nachdenken, wie er ihn verbessert. Und sie muß mich warnen, daß ich keine Freundschaft mit ihm mache. Er heißt Max, und sein Vater war ein Leutnant, der im Krieg totgeschossen worden ist. Da hat meine Mutter zu mir gesagt, ich muß dankbar sein für diese Belehrung, und ich muß folgen und bloß Freundschaft haben mit den Braven. Und dann hat sie gebittet, daß ich heute noch bei ihr bleiben darf, aber morgen früh bringt sie mich her, und mein Koffer kommt auch. Wir sind gegangen, und meine Mutter hat auf der Stiege gesagt, sie muß glauben, daß ich jetzt ein anderer Mensch werde durch den Hauptmann Semmelmaier, und wenn er es nicht kann, wo er es doch bei so viele kann, dann weiß sie keinen mehr. Ich bin mit meiner Mutter in der Stadt herum, weil sie Sachen gekauft hat, und wenn ein Student gegangen ist, hat meine Mutter gesagt, ich muß mir vornehmen, daß ich auch einer werde. Aber dann ist eine Musik gekommen mit Soldaten, und nach der Musik ist ein Offizier gegangen, der hat einen Säbel in der Hand gehabt. Da hat meine Mutter gesagt, wenn ich dem Semmelmaier folge, dann darf ich auch einmal mit der Musik marschieren, und ich soll einen Vorsatz machen. Am Nachmittag hat sie einen Besuch gemacht beim Oberförster Heiß. Der hat ganz weit draußen gewohnt, und sein Haus ist in einem Garten gestanden, da war es so schön, als wie bei uns. Ein Dackel hat gebellt, und im Hausgang hat man schon den Tabak gerochen, und im Zimmer waren viele Geweihe aufgehängt. Der Heiß hat sich gefreut, daß wir da sind, und die Frau Heiß hat einen Kaffee und Kuchen gebracht, und sie haben mit meiner Mutter geredet, wie es früher gewesen ist, wo mein Vater noch gelebt hat, und er war der beste Freund vom Heiß, und sie sind immer beieinander gewesen. Und da hat der Heiß mit der Pfeife zu mir gedeutet, und er hat gesagt, ich muß auch im Wald leben, weil ich aus einem Fuchsbau bin, und ob ich will. Ich habe gesagt, ich will es am liebsten. Aber meine Mutter hat wieder einen Seufzer gemacht, und sie hat gesagt, daß ich nicht studieren mag. Der Heiß hat gerufen: hallo, soviel muß ich schon lernen, daß ich Förster werde, und es ist nicht viel. Er hat gefragt, wo ich jetzt bin. Meine Mutter hat es ihm erzählt, daß ich daheim in der Lateinschule gewesen bin und nichts gelernt habe und daß die Verwandten sagen, sie ist schuld, weil sie nicht streng ist, und jetzt hat sie mich zum Hauptmann Semmelmaier gebracht, der die Schüler so gut verwandeln kann, und morgen muß ich hin. Der Heiß hat gelacht, und er hat gesagt, er hat es noch gar nicht gehört, daß ein Hauptmann so gut paßt für einen Lehrer. Meine

Mutter hat gesagt, er ist kein Lehrer nicht, sondern er gibt für die Knaben das eiserne Pflichtgefühl, und seine Frau ist eine Guwernante, wo man die Manieren lernt. Der Heiß hat in die Pfeife hineingeblasen, und er hat furchtbar geraucht, und dann hat er gefragt, wie der Hauptmann sich schreibt, weil er seinen Namen nicht gleich verstanden hat. Er heißt Semmelmaier, hat meine Mutter gesagt. Der Heiß hat die Pfeife aus dem Mund getan und hat immer gesagt: Semmelmaier, Semmelmaier. Meine Mutter hat gefragt, ob er ihn kennt. Da hat der Heiß gesagt, er weiß es nicht, ob er es ist, aber im Krieg war ein Leutnant bei ihm, der hat Josef Semmelmaier geheißen, und er war so dumm, daß ihn die Soldaten den Hornpepi geheißen haben, und er hat sich immer versteckt, wenn es geschossen hat. Der Heiß hat gesagt, er hofft, daß es nicht der nämliche ist. Es ist gewiß nicht der nämliche, hat meine Mutter gesagt, denn unser Hauptmann Semmelmaier ist gescheit, und alle Leute loben ihn, und sie danken dem lieben Gott, daß sie bei ihm gewesen sind, und ich muß gegen ihn Ehrfurcht haben. Da hat der Heiß gesagt, vielleicht ist er gar nicht der Hornpepi. Nach dem Kaffee sind wir gegangen, und auf dem Weg hat meine Mutter zu mir gesagt, ich darf nicht glauben, daß der Semmelmaier der Hornpepi ist und sie hat den Heiß gern, weil er ein Freund von meinem Vater gewesen ist, aber er ist ein Jäger, und die Jäger machen oft solche Späße, die für einen Knaben nicht passen. Ich hab gedacht, ich glaube schon, daß der Semmelmaier der Hornpepi ist, weil er die Augen so kugelt, aber ich habe nichts gesagt. Am andern Tag sind wir wieder zum Semmelmaier, und meine Mutter hat zu ihr gesagt, sie übergibt mich in die Hände von ihr, und meine Wäsche ist ordentlich beisammen. Und zum Semmelmaier hat sie gesagt, sie muß jetzt viele Hoffnung durch ihn haben. Er hat ihr seine Hand gegeben und hat auf die Decke geschaut, und er hat gesagt, er tut, was die Menschenkraft kann, und der liebe Gott muß ihn segnen. Meine Mutter hat geweint, wie sie fort ist, und sie hat mir einen Kuß gegeben, und wie sie schon auf der Stiege war, hat sie sich umgedreht, und sie hat gesagt, sie geht mit Freuden, weil sie weiß, daß ich verwandelt werde. Ich bin allein umgekehrt, und da habe ich aber furchtbar Heimweh gekriegt, und ich habe gedacht, wenn ich daheim immer fleißig war, muß ich jetzt nicht bei fremde Leute sein. Die Frau war gleich nicht mehr so freundlich, wie ich allein war. Sie hat mich in ein Zimmer geführt, das bloß ein Fenster in den Gang hatte, und es war nicht hell. Ich habe gesagt, ich will in das Zimmer, wo wir gestern gewesen sind. Da hat sie gesagt, ich muß jetzt da bleiben, weil in das andere Zimmer ein Graf kommt, aber später kriege ich vielleicht ein anderes.

Ich habe nichts mehr gesagt, weil ich so traurig gewesen bin, und ich habe meine Sachen ausgepackt und habe immer die Kleider angeschaut, wo ich daheim damit herumgegangen bin. Und da ist mir eingefallen, wie es schön war, und ich habe geweint, bis ich zum Essen gegangen bin. Es sind drei Knaben dagewesen und der Semmelmaier und sie.

Der Semmelmaier ist aufgestanden, und er hat ein Gebet gesagt, daß wir Gott bitten, er muß die Mahlzeit segnen. Es war aber bloß Reis in der Milch, und ich mag ihn nicht.

Ich habe immer geschaut, wie die drei Knaben sind. Einer hat rote Haare gehabt und Sommersprossen und hat Wendelin geheißen, und er hat mir nicht gefallen. Der andere hat die Haare ganz hineingepappt gehabt, und er hat die Augen immer auf den Boden getan. Das war der Alfons, und er hat mir auch nicht gefallen.

Aber noch einer ist dagewesen, der hat lustig zu mir geschaut und hat gelacht; er hat Max geheißen. Ich habe gedacht, ob ich sie hinschmeißen kann, und ich habe es gleich gesehen, daß es keine Kunst ist bei dem Wendelin und bei dem Alfons. Aber der Max war so groß wie ich, und er hat stark ausgeschaut.

Der Semmelmaier hat gesagt, er muß mich als ein neues Mitglied der Anstalt vorstellen, und er muß die anderen ermahnen, daß sie mir ein gutes Beispiel geben, und er muß mich ermahnen, daß ich dem guten Beispiel folge.

Und sie hat gesagt, ich muß den Reis nicht herumrühren, sondern ich muß ihn essen, oder ob ich vielleicht heiklig bin.

Ich habe gesagt, ich mag keinen Reis nicht gern.

Sie hat gesagt, es gibt kein Mögen nicht, die Knaben müssen essen, was sie kriegen.

Der Semmelmaier hat gesagt, daß der Reis nahrhaft ist, und in Asien leben alle Leute davon, und die Völker, wo man Fleisch ißt, sind keine guten Soldaten nicht, als wie die andern, wo man bloß Reis kriegt. Aber er hat einen Braten gehabt und Kartoffelsalat.

Nach dem Essen hat er wieder gebetet, daß man Gott dankt für alles, was er beschert hat.

Und dann ist er gegangen. Wir sind auch hinaus, weil wir ein bißchen auf die Straße haben dürfen. Auf der Stiege hat der Max zu mir gesagt, ich soll mit ihm gehen, und nicht mit die andern. Das habe ich getan.

Wir sind gegangen, bis wir auf eine Wiese gekommen sind. Da haben wir uns auf eine Bank gesetzt, und der Max hat gefragt, wer mein Vater ist.

Ich habe gesagt, er ist tot, aber er war ein Oberförster. Da hat er gesagt, daß sein Vater ein Leutnant war, und er ist auch tot, weil ihn die Franzosen geschossen haben.

Er hat gesagt, ich soll probieren, ob ich seinen Arm biegen kann. Es ist nicht gegangen, aber er hat meinen Arm auch nicht biegen können. Da ist er über die Bank gesprungen und hat gesagt, ich soll es nachmachen. Ich habe es ganz leicht gekonnt, und er hat gefragt, ob ich vielleicht auf die

Hände gehen kann. Ich habe es ihm gezeigt, und ich habe ein Rad geschlagen.

Da hat er gesagt, ich gefalle ihm gut, und ich muß zu ihm helfen. Ich habe gesagt, daß er mir gleich gefallen hat, und ich habe schon gedacht, daß er so ist, weil die Frau Semmelmaier gesagt hat, ich darf keine Freundschaft mit ihm nicht haben.

Er hat gesagt, sie ist eine geizige und gemeine Frau, welche nichts Gescheites zum Essen hergibt, und sie will von die Knaben sparen.

Ich habe gefragt, wie er ist.

Der Max hat gesagt, der Semmelmaier ist dumm, und er kümmert sich gar nicht um einen; bloß wenn die Eltern da sind, macht er solche Lügen, als wenn er uns erzieht.

Ich habe gesagt, daß er zu meiner Mutter erzählt hat, daß die Leute kommen und ihm danken, wenn sie Offiziere geworden sind.

Der Max hat gesagt, daß er es immer erzählt, und die Eltern glauben es. Aber wenn man drei Wochen da ist, merkt es jeder, daß er bloß schwindelt.

Da habe ich ihm erzählt, was der Heiß gesagt hat, vom Hornpepi. Der Max hat furchtbar gelacht, und er hat gesagt, daß der Semmelmaier Josef heißt, und er ist es ganz gewiß.

Und dann hat er zu mir gesagt, ich muß Obacht geben auf den Alfons und den Wendelin. Sie verschuften ihn und sagen alles, was sie hören, und er hat gesagt, wir müssen zusammenhalten. Er ist so froh, daß einer da ist, der ihm gefallt.

Wie ich schon ein Monat da war, habe ich gesehen, daß es mir beim Semmelmaier gar nicht gefallt. Sie hat uns furchtbar wenig zum Essen gegeben, und wenn ich gesagt habe, daß es mich hungert, dann hat er geredet, und er hat gesagt, er weiß nicht, wie es mit Deutschland noch gehen muß, wenn die Jugend so ungenügsam ist. Er hat drei Tage nichts gegessen und getrunken, wie er im Krieg war, und am vierten Tag hat es auch kein Fleisch gegeben, sondern bloß Pulver und Blei, aber er hat sich nichts daraus gemacht, weil er das Vaterland liebt. Und wenn die Jugend immer essen will, muß es schlecht gehen mit Deutschland.

Und dann ist er wieder fortgegangen ins Wirtshaus. Er kauft sich lauter Bier von dem Geld, was er leider von unsere Eltern kriegt, und es ist auch nicht wahr gewesen, daß er acht gibt auf uns. Er hat gar nicht gewußt, ob wir lernen, und bloß, wenn man eingesperrt worden ist, und er hat einen Strafzettel unterschreiben müssen, hat er so getan, als wenn er sich darum kümmert.

Wenn auf dem Strafzettel gestanden ist, daß man wegen Ungezogenheit zwei Stunden kriegt, hat er immer gefragt, was eine Ungezogenheit ist. Er hat gesagt, er kennt es nicht; es hat keine Ungezogenheit nicht gegeben, wie er studiert hat; er hat es nie nicht gewußt, wie man eine Ungezogenheit macht, und warum man eine macht, und man kann doch leben ohne eine Ungezogenheit.

Er hat immer ganz lang gepredigt, und der Max hat gesagt, es ist die größte Freude vom Semmelmaier, wenn er gegen uns soviel reden darf, weil er gegen die Frau immer still sein muß.

An jedem Donnerstag haben wir bloß eine Brennsuppe gekriegt, und der Semmelmaier hat gesagt, er probiert uns, ob wir Spartaner sind.

Wir sind aber keine Spartaner nicht, und es hat mich immer so gehungert, und da habe ich es heim geschrieben. Meine Mutter hat gleich eine Antwort gegeben. Sie hat geschrieben, sie mag keine Heimlichkeiten nicht dulden, und sie hat dem Semmelmaier meine Klage geschrieben, und vielleicht weiß er nicht, daß ich einen so großen Appetit habe. Der Semmelmaier hat den Brief schon gehabt, und in der Frühe hat er mich gerufen. Da ist er im Zimmer gestanden, und sie ist auf dem Kanapee gesessen.

Sie hat mich gleich angeschrien, warum ich so lüge und schreibe, daß ich hungern muß. Ich habe gesagt, das ist keine Lüge nicht, und ich habe Hunger, und wenn ich bloß eine Brennsuppe kriege, kann ich nicht satt sein. Sie hat geschrien, ich bin frech, und sie hat es gleich gedacht, daß ich frech bin, weil man es mir ansieht und weil ich gleich so befreundet gewesen bin mit dem Max, und ich schreibe zu meiner Mutter solche Lügen, daß ihr Haus verdächtig ist, als ob die Knaben hungern müssen. Ich habe gesagt, es ist wahr, daß ich Hunger habe, und ich darf es sagen.

Da hat sie zum Semmelmaier geschrien, daß er reden muß zu diesem gemeinen Knaben, der das Haus verdächtigt.

Der Semmelmaier ist ganz nah zu mir gegangen und hat langsam gesagt, ich muß ihn anschauen.

Ich habe ihn angeschaut.

Da hat er seinen Bart in die Höhe getan und hat mit dem Finger auf den Orden gezeigt, und er hat mich gefragt, was das ist.

Ich habe gesagt, es ist Messing.

Er hat die Augen furchtbar gekugelt und hat gesagt, es ist eine Auszeichnung von dem höchsten Kriegsherrn, und ob ich glaube, daß man es kriegt, wenn man heimliche Briefe schreibt über Brennsuppen. Man kriegt es nicht dafür, sondern man muß ein Spartaner sein und eine Entbehrung machen und schwitzen und frieren und den Tod im Angesicht haben. Dann kriegt man es, weil man ein tapferer Spartaner ist, und er muß die Jugend erziehen, daß sie auch einmal die Auszeichnung kriegt, und wir müssen am Donnerstag die Brennsuppe essen, weil es eine Vorübung ist für den Krieg. Er hat gesagt, er möchte uns alle Tage einen Nierenbraten geben, und er möchte Freude haben, wenn wir recht

viel essen, aber er darf es nicht, weil wir dann keine Spartaner nicht werden, sondern bloß Jünglinge mit Genußsucht.
Und er muß es meiner Mutter schreiben, daß er keine
Garantie nicht für mich geben kann, wenn ich lauter Nierenbraten essen will. Da hat sie geschrien, daß sie auch
schreibt, daß ich ein frecher Knabe bin, der Lügen macht
und das Haus verdächtigt. Ich bin gegangen, aber bei der
Tür hat mir der Semmelmaier noch gerufen, daß ich denken
muß, er will uns für die Auszeichnung erziehen.

Ich war furchtbar zornig, und ich habe es dem Max
erzählt, und er ist auch zornig geworden. Aber bald habe ich
einen Brief von meiner Mutter gekriegt, da ist darin gestanden, daß ihr der Herr Hauptmann alles erklärt hat, und es
ist keine Sparsamkeit nicht, wenn wir Brennsuppe essen
müssen, sondern es ist eine Erziehung, und ich darf mich
nicht beschweren, sondern ich muß froh sein, daß ich bei
einem Mann bin, der mich zu einem Spartaner verwandelt.
Aber wenn ich wirklich so Hunger habe, gibt sie mir ein
bißchen Taschengeld, und ich darf mir vielleicht manchmal
eine Wurst kaufen, aber keine Süßigkeiten, und ich muß
immer denken, daß ich einmal ein tapferer Offizier werde,
wie der Semmelmaier, und ich muß recht lernen. Es sind
drei Mark im Papier eingewickelt gewesen. Der Max hat den
Brief gelesen, und er hat gesagt, er weiß es schon, man kann
nichts machen, weil seine Mutter auch immer die Sprüche
vom Semmelmaier glaubt, und sie denkt auch, man darf
einem Knaben nicht recht geben.

Aber da ist eine Woche vergangen, und es ist etwas passiert, weil ich drei Mark gehabt habe. Ich und der Max
haben oft auf die Leute geschmissen mit kleine Steine, wenn
sie nicht hergeschaut haben. Wenn es Kartoffeln gegeben hat
beim Semmelmaier, haben wir oft einen eingesteckt, und
auf dem Weg ins Gymnasium haben wir ihn auf eine
Droschke geschmissen oder auf einen Mann, der eine Kiste

auf dem Buckel getragen hat. Und die Kartoffeln haben gespritzt, und die Leute sind furchtbar zornig gewesen. Sie haben nicht gewußt, wo es herkommt, und wir sind schon lange davongelaufen, bis sie es gemerkt haben.

Aber jetzt hat der Max gesagt, weil ich drei Mark habe, müssen wir Eier kaufen; und wir möchten viel mehr Spaß haben, wenn wir mit die Eier schmeißen, weil es dann ganz gelb herunter rinnt.

Ich habe gesagt, das ist wahr, und wir haben jetzt immer Eier gekauft, wenn wir aus dem Gymnasium sind. Wir haben es entdeckt, daß kein Fenster nicht kaputt geht, wenn man es mit dem Ei trifft. Es platscht, und die Leute unten lachen, weil es so gelb ist, und die Leute oben reißen das Fenster auf und schimpfen furchtbar. Aber es geht nicht kaputt.

Wenn man eine Droschke hinten trifft, weiß es der Kutscher nicht, und er fahrt weiter und schaut immer, warum die Leute so lachen, bis er es merkt, und da steigt er herunter und schaut es an, und wenn einer im Wagen sitzt, kommt er auch heraus und tut sich wundern. Aber wenn man einen Mann trifft, der eine Kiste auf dem Buckel tragt, der hört es gleich, wie es platscht, und er bleibt stehen und laßt die Kiste herunter, und dann schimpft er furchtbar. Es ist der größte Spaß, mit die Eier schmeißen. Da haben sie uns aber erwischt. Eigentlich haben sie uns nicht erwischt, sondern der Alfons hat uns verschuftet.

Wir haben immer nach der Klasse für den Semmelmaier die Zeitung holen müssen bei einem Zeitungskiosk.

Da ist ein Mann darin gesessen, der ist gegen die Knaben sehr grob. Wenn man ein bißchen stark an das Fenster klopft, sagt er, daß man ein Flegel ist und ein Lausbub und eine Rotznase. Das ist gemein. In dem Kiosk ist hinten eine Türe, aber sonst kann er nirgends heraus. Da ist mir etwas eingefallen, wie man ihn ärgern kann, und ich habe es dem

Max gesagt, wie wir es machen. Wir sind hingegangen, und ich habe mich hinten aufgestellt, wo die Tür gewesen ist, und habe ein Ei in der Hand gehabt. Aber der Max ist vorn hingegangen, als ob er die Zeitung verlangt. Er hat mit der Faust an das Fenster hingehaut, daß der Mann ganz wild gewesen ist, und er hat das Fenster aufgerissen. Aber da hat der Max hineingespuckt, daß der Mann im Gesicht naß war. Und er ist ganz geschwind aufgesprungen und ist bei der Tür heraus, daß er ihn erwischt. Aber da habe ich schon gepaßt darauf, und wie die Tür aufgegangen ist, habe ich das Ei hingeschmissen, daß es gespritzt ist, und es hat ihn erwischt, und er hat nicht gewußt, ob er mir nachlaufen muß oder dem Max, und wir sind alle zwei davon, bis er es gewußt hat.

Wir sind nicht weit gelaufen und haben die Zeitung woanders geholt, und dann sind wir heim.

Nach dem Essen ist der Max ins Bett gegangen, und ich auch. Der Alfons ist im Zimmer geblieben, aber ich habe nichts gedacht. Aber wie ich noch nicht eingeschlafen war, ist auf einmal meine Tür aufgegangen, und es war ein Licht da. Ich habe hingeblinzelt, und es war der Semmelmaier und sie. Ich habe aber getan, als wenn ich schlafe, und wie der Semmelmaier auf mich geleuchtet hat, habe ich die Augen nicht aufgemacht. Er hat lange auf mich geleuchtet, und auf einmal hat er gesagt: »Lauspube!« und er ist gegangen, und bei der Tür ist er stehengeblieben und hat gesagt: »müserabliger!« Und sie hat gesagt: »Ich weiß es ganz gewiß, daß er die Eier von mir gestohlen hat, und jetzt weiß ich, wo immer meine Eier hinkommen.«

Am andern Tag in der Früh haben sie mich in ihr Zimmer gerufen, und der Semmelmaier hat gesagt, ich muß alles gestehen, sonst hat er keine Erbarmnis nicht mehr, und ob ich es gestehen will.

Ich habe gefragt, was.

Sie hat vom Kanapee gerufen: »Lügner!« und er hat gefragt: »Wie viele Eier hast du gestohlen?«

Ich habe gefragt, wo.

Da hat sie gerufen: »In der Speise aus dem großen Korb.«

Ich habe gesagt, ich habe noch nie kein Ei nicht gestohlen, und ich lasse es mir nicht gefallen, daß man sagt, ich stehle.

Da hat er gefragt, mit was für einem Ei ich den Zeitungsmann geschmissen habe.

Da habe ich gesagt, ich weiß nichts von keinem Zeitungsmann.

Er hat gesagt, so, das muß er aufschreiben. Und er hat in seinem Notizbuch geschrieben, und dann hat er es vorgelesen: »Er weiß nichts von keinem Zeitungsmann.«

Dann hat er gefragt, ob ich vielleicht einen Hühnerhof habe.

Ich habe gesagt, ich habe keinen.

Er hat es wieder geschrieben und hat gesagt, man muß jetzt einen Zeugen nehmen.

Da hat sie gerufen: »Alfons!« Und der Alfons ist hereingekommen.

Der Semmelmaier hat zu ihm gesagt, daß er ein deutscher Knabe ist, die niemals nicht lügen, und er soll es erzählen. Der Alfons hat auf den Boden geschaut und hat es erzählt, daß ich und der Max zu dem Zeitungsmann sind, und der Max war vorn, und ich war hinten, und auf einmal ist der Mann heraus, und ich habe ein Ei geschmissen. Der Semmelmaier hat den Bleistift mit der Zunge naß gemacht und hat gefragt, ob der Zeuge vielleicht lügt.

Ich habe gesagt, es ist wahr, daß ich geschmissen habe. Aber ich habe das Ei gekauft, weil mir meine Mutter drei Mark geschickt hat.

Der Semmelmaier hat gelacht, ha ha! Und er hat zu ihr gesagt, daß er die Hälfte schon herausgebracht hat.

Ich habe gesagt, der Max weiß es, weil er dabei war, wie ich das Ei gekauft habe.

Da ist sie gegangen und hat den Max geholt.

Der Semmelmaier hat zu ihm gesagt, der Max ist der Sohn von einem Offizier, und er weiß, daß man erschossen wird, wenn man lügt, und ob er nichts gehört hat von Eier, die geschmissen werden.

Der Max hat gleich gemerkt, daß uns der Alfons verschuftet hat, und er hat gesagt, er weiß es, daß man die Eier schmeißt.

Der Semmelmaier hat es geschrieben, und dann hat er gefragt, wo man die Eier herkriegt.

Der Max hat gesagt, man kauft sie im Milchladen.

Ich habe gesagt, daß der Semmelmaier sagt, ich habe sie gestohlen.

Der Max hat gesagt, es ist nicht wahr. Wir haben sie mitsammen gekauft.

Sie hat vom Kanapee gerufen, die Purschen helfen zusammen, und sie weiß es gewiß, daß ich ihr dreißig Eier gestohlen habe.

Der Semmelmaier hat gesagt, man muß ruhig sein, weil er ein Urteil macht, und er hat in seinem Buch geschrieben.

Dann ist er aufgestanden und hat es vorgelesen, daß er noch einmal verzeiht und dem Gymnasium nichts sagt, weil der Max dabei ist, und er ist der Sohn von einem toten Offizier, der das Schlachtfeld bedeckt hat, aber meine Mutter muß dreißig Eier zahlen, und er schreibt es ihr.

Sie hat gerufen, man muß unerbittlich sein und sie anzeigen.

Aber der Semmelmaier hat den Kopf geschüttelt und hat gesagt, er kann es nicht, weil er immer an den geschossenen Kameraden denkt.

Und dann haben wir hinaus müssen.

Ich habe vor lauter Zorn geweint, weil meine Mutter

dreißig Eier zahlen muß, und ich habe gesagt, ich muß den Alfons hauen, bis ich nicht mehr kann.

Der Max hat gesagt, es geht nicht, weil er uns am Gymnasium verschuftet, aber er weiß was gegen den Semmelmaier.

Wir kaufen eine Rakete, und wir lassen sie bei der Nacht im Semmelmaier sein Zimmer hinein. Es muß ein furchtbarer Spaß werden, wenn die Rakete herumfahrt und nicht hinaus kann und es tut, als wenn der Feind schießt, und man kann sehen, wie er tapfer ist.

Ich habe den Max gebittet, daß ich die Rakete anzünden darf, und ich kann es nicht mehr erwarten.

◆◆◆◆◆◆◆◆◆◆◆◆◆◆◆◆◆◆◆◆◆◆◆◆◆◆◆◆◆◆◆◆◆◆◆◆

Der vornehme Knabe

Zum Scheckbauern ist im Sommer eine Familie gekommen. Die war sehr vornehm, und sie ist aus Preußen gewesen.

Wie ihr Gepäck angekommen ist, war ich auf der Bahn, und der Stationsdiener hat gesagt, es ist lauter Juchtenleder, die müssen viel Gerstl haben.

Und meine Mutter hat gesagt, es sind feine Leute, und du mußt sie immer grüßen, Ludwig.

Er hat einen weißen Bart gehabt, und seine Stiefel haben laut geknarrzt.

Sie hat immer Handschuhe angehabt, und wenn es wo naß war auf dem Boden, hat sie huh! geschrien und hat ihr Kleid aufgehoben.

Wie sie den ersten Tag da waren, sind sie im Dorf herumgegangen.

Er hat die Häuser angeschaut und ist stehengeblieben. Da habe ich gehört, wie er gesagt hat: »Ich möchte nur wissen, von was diese Leute leben.«

Bei uns sind sie am Abend vorbei, wie wir gerade gegessen haben. Meine Mutter hat gegrüßt und Ännchen auch. Da ist er hergekommen mit seiner Frau und hat gefragt: »Was essen Sie da?«

Wir haben Lunge mit Knödel gegessen, und meine Mutter hat es ihm gesagt.

Da hat er gefragt, ob wir immer Knödel essen, und seine Frau hat uns durch einen Zwicker angeschaut. Es war aber kein rechter Zwicker, sondern er war an einer kleinen Stange, und sie hat ihn auf- und zugemacht.

Meine Mutter sagte zu mir: »Steh auf, Ludwig, und mache den Herrschaften dein Kompliment«, und ich habe es gemacht.

Da hat er zu mir gesagt, was ich bin, und ich habe gesagt, ich bin ein Lateinschüler.

Und meine Mutter sagte: »Er war in der ersten Klasse und darf aufsteigen. Im Lateinischen hat er die Note zwei gekriegt.«

Er hat mich auf den Kopf getätschelt und hat gesagt: »Ein gescheiter Junge; du kannst einmal zu uns kommen und mit meinem Arthur spielen. Er ist so alt wie du.«

Dann hat er meine Mutter gefragt, wieviel sie Geld kriegt im Monat, und sie ist ganz rot geworden und hat gesagt, daß sie hundertzehn Mark kriegt.

Er hat zu seiner Frau hinübergeschaut und hat gesagt: »Emilie, noch nicht fünfunddreißig Taler.«

Und sie hat wieder ihren Zwicker vor die Augen gehalten.

Dann sind sie gegangen, und er hat gesagt, daß man es noch gehört hat: »Ich möchte bloß wissen, von was diese Leute leben.«

Am andern Tag habe ich den Arthur gesehen. Er war aber nicht so groß wie ich und hat lange Haare gehabt bis auf die Schultern und ganz dünne Füße. Das habe ich gesehen, weil er eine Pumphose anhatte. Es war noch ein Mann dabei mit einer Brille auf der Nase. Das war sein Instruktor, und sie sind beim Rafenauer gestanden, wo die Leut Heu gerecht haben.

Der Arthur hat hingedeutet und hat gefragt: »Was tun die da machen?«

Und der Instruktor hat gesagt: »Sie fassen das Heu auf. Wenn es genügend gedörrt ist, werden die Tiere damit gefüttert.«

Der Scheck Lorenz war bei mir, und wir haben uns versteckt, weil wir so gelacht haben.

Beim Essen hat meine Mutter gesagt: »Der Herr ist wieder da gewesen und hat gesagt, du sollst nachmittag seinen Sohn besuchen.«

Ich sagte, daß ich lieber mit dem Lenz zum Fischen gehe, aber Anna hat mich gleich angefahren, daß ich nur mit Bauernlümmeln herumlaufen will, und meine Mutter sagte: »Es ist gut für dich, wenn du mit feinen Leuten zusammen bist. Du kannst Manieren lernen.«

Da habe ich müssen, aber es hat mich nicht gefreut. Ich habe die Hände gewaschen und den schönen Rock angezogen, und dann bin ich hingegangen. Sie waren gerade beim Kaffee, wie ich gekommen bin. Der Herr war da und die Frau und ein Mädchen; das war so alt wie unsere Anna, aber schöner angezogen und viel dicker. Der Instruktor war auch da mit dem Arthur.

»Das ist unser junger Freund«, sagte der Herr. »Arthur, gib ihm die Hand!« Und dann fragte er mich: »Nun, habt ihr heute wieder Knödel gegessen?«

Ich sagte, daß wir keine gegessen haben, und ich habe mich hingesetzt und einen Kaffee gekriegt. Es ist furchtbar fad gewesen. Der Arthur hat nichts geredet und hat mich immer angeschaut, und der Instruktor ist auch ganz still dagesessen.

Da hat ihn der Herr gefragt, ob Arthur sein Pensum schon fertig hat, und er sagte, ja, es ist fertig; es sind noch einige Fehler darin, aber man merkt schon den Fortschritt.

Da sagte der Herr: »Das ist schön, und Sie können heute nachmittag allein spazierengehen, weil der junge Lateinschüler mit Arthur spielt.«

Der Instruktor ist aufgestanden, und der Herr hat ihm eine Zigarre gegeben und gesagt, er soll Obacht geben, weil sie so gut ist.

Wie er fort war, hat der Herr gesagt: »Es ist doch ein Glück für diesen jungen Menschen, daß wir ihn mitgenommen haben. Er sieht auf diese Weise sehr viel Schönes.«

Aber das dicke Mädchen sagte: »Ich finde ihn gräßlich, er macht Augen auf mich. Ich fürchte, daß er bald dichtet, wie der letzte.«

Der Arthur und ich sind bald aufgestanden, und er hat gesagt, er will mir seine Spielsachen zeigen.

Er hat ein Dampfschiff gehabt. Das wenn man aufgezogen hat, sind die Räder herumgelaufen, und es ist schön geschwommen. Es waren auch viele Bleisoldaten und Matrosen darauf, und Arthur hat gesagt, es ist ein Kriegsschiff und heißt »Preußen«. Aber beim Scheck war kein großes Wasser, daß man sehen kann, wie weit es schwimmt, und ich habe gesagt, wir müssen zum Rafenauer hingehen, da ist ein Weiher, und wir haben viel Spaß dabei.

Es hat ihn gleich gefreut, und ich habe das Dampfschiff getragen.

Sein Papa hat gerufen: »Wo geht ihr denn hin, ihr Jungens?« Da habe ich ihm gesagt, daß wir das Schiff in Rafenauer seinem Weiher schwimmen lassen.

Die Frau sagte: »Du darfst es aber nicht tragen, Arthur. Es ist zu schwer für dich.« Ich sagte, daß ich es trage, und sein Papa hat gelacht und hat gesagt: »Das ist ein starker Bayer; er ißt alle Tage Lunge und Knödel. Hahaha!«

Wir sind weitergegangen hinter dem Scheck, über die große Wiese.

Der Arthur fragte mich: »Gelt, du bist stark?«

Ich sagte, daß ich ihn leicht hinschmeißen kann, wenn er es probieren will.

Aber er traute sich nicht und sagte, er wäre auch gerne so stark, daß er sich von seiner Schwester nichts mehr gefallen lassen muß.

Ich fragte ihn, ob sie ihn haut.

Er sagte nein, aber sie macht sich so gescheit, und wenn er eine schlechte Note kriegt, redet sie darein, als ob es sie was angeht.

Ich sagte, das weiß ich schon; das tun alle Mädchen, aber man darf sich nichts gefallen lassen. Es ist ganz leicht, daß man es ihnen vertreibt, wenn man ihnen rechte Angst macht.

Er fragte, was man da tut, und ich sagte, man muß ihnen eine Blindschleiche in das Bett legen. Wenn sie darauf liegen, ist es kalt, und sie schreien furchtbar. Dann versprechen sie einem, daß sie nicht mehr so gescheit sein wollen.

Arthur sagte, er traut sich nicht, weil er vielleicht Schläge kriegt. Ich sagte aber, wenn man sich vor den Schlägen fürchten möchte, darf man nie keinen Spaß haben, und da hat er mir versprochen, daß er es tun will.

Ich habe mich furchtbar gefreut, weil mir das dicke Mädchen gar nicht gefallen hat, und ich dachte, sie wird ihre Augen noch viel stärker aufreißen, wenn sie eine Blindschleiche spürt. Er meinte, ob ich auch gewiß eine finde. Ich sagte, daß ich viele kriegen kann, weil ich in der Sägmühle ein Nest weiß.

Und es ist mir eingefallen, ob es nicht vielleicht gut ist, wenn er dem Instruktor auch eine hineinlegt.

Das hat ihm gefallen, und er sagte, er will es gewiß tun, weil sich der Instruktor so fürchtet, daß er vielleicht weggeht.

Er fragte, ob ich keinen Instruktor habe, und ich sagte, daß meine Mutter nicht so viel Geld hat, daß sie einen zahlen kann.

Da hat er gesagt: »Das ist wahr. Sie kosten sehr viel und man hat bloß Verdruß davon. Der letzte, den wir gehabt haben, hat immer Gedichte auf meine Schwester gemacht, und er hat sie unter ihre Kaffeetasse gelegt; da haben wir ihn fortgejagt.«

Ich fragte, warum er Gedichte gemacht hat und warum er keine hat machen dürfen.

Da sagte er: »Du bist aber dumm. Er war doch verliebt in meine Schwester, und sie hat es gleich gemerkt, weil er sie immer so angeschaut hat. Deswegen haben wir ihn fortjagen müssen.«

Ich dachte, wie dumm es ist, daß sich einer so plagen mag wegen dem dicken Mädchen, und ich möchte sie gewiß nicht anschauen und froh sein, wenn sie nicht dabei ist.

Dann sind wir an den Weiher beim Rafenauer gekommen, und wir haben das Dampfschiff hineingetan. Die Räder sind gut gegangen, und es ist ein Stück weit geschwommen.

Wir sind auch hineingewatet, und der Arthur hat immer geschrien: »Hurra! Gebt's ihnen, Jungens! Klar zum Gefecht! Drauf und dran, Jungens, gebt ihnen noch eine Breitseite! Brav, Kinder!« Er hat furchtbar geschrien, daß er ganz rot geworden ist, und ich habe ihn gefragt, was das ist.

Er sagte, es ist eine Seeschlacht, und er ist ein preußischer Admiral. Sie spielen es immer in Köln; zuerst ist er bloß Kapitän gewesen, aber jetzt ist er Admiral, weil er viele Schlachten gewonnen hat.

Dann hat er wieder geschrien: »Beidrehen! Beidrehen! Hart an Backbord halten! Feuer! Sieg! Sieg!«

Ich sagte: »Das gefällt mir gar nicht; es ist eine Dummheit, weil sich nichts rührt. Wenn es eine Schlacht ist, muß es krachen. Wir sollen Pulver hineintun, dann ist es lustig.«

Er sagte, daß er nicht mit Pulver spielen darf, weil es gefährlich ist. Alle Jungen in Köln machen es ohne Pulver.

Ich habe ihn aber ausgelacht, weil er doch kein Admiral ist, wenn er nicht schießt.

Und ich habe gesagt, ich tue es, wenn er sich nicht traut; ich mache den Kapitän, und er muß bloß kommandieren.

Da ist er ganz lustig gewesen und hat gesagt, das möchte er. Ich muß aber streng folgen, weil er mein Vorgesetzter ist, und Feuer geben, wenn er schreit.

Ich habe ein Paket Pulver bei mir gehabt. Das habe ich immer, weil ich so oft Speiteufel mache. Und ein Stück Zündschnur habe ich auch dabei gehabt.

Wir haben das Dampfschiff hergezogen. Es waren Kanonen darauf, aber sie haben kein Loch gehabt. Da habe ich probiert, ob man vielleicht anders schießen kann. Ich meinte, man soll das Verdeck aufheben und darunter das Pulver tun. Dann geht der Rauch bei den Luken heraus, und man glaubt auch, es sind Kanonen darin.

Das habe ich getan. Ich habe aber das ganze Paket Pulver hineingeschüttet, damit es stärker raucht. Dann habe ich das Verdeck wieder daraufgetan und die Zündschnur durch ein Loch gesteckt.

Arthur fragte, ob es recht knallen wird, und ich sagte, ich glaube schon, daß es einen guten Schuß tut. Da ist er geschwind hinter einen Baum und hat gesagt, jetzt geht die Schlacht an.

Und er hat wieder geschrien: »Hurra! Gebt's ihnen, tapferer Kapitän.«

Ich habe das Dampfschiff aufgedreht und gehalten, bis die Zündschnur gebrannt hat.

Dann habe ich ihm einen Stoß gegeben, und die Räder sind gegangen, und die Zündschnur hat geraucht.

Es war lustig, und der Arthur hat sich auch furchtbar gefreut und hinter dem Baum immer kommandiert.

Er fragte, warum es nicht knallt. Ich sagte, es knallt schon, wenn die Zündschnur einmal bis zum Pulver hinbrennt.

Da hat er seinen Kopf vorgestreckt und hat geschrien: »Gebt Feuer auf dem Achterdeck!«

Auf einmal hat es einen furchtbaren Krach getan und hat gezischt, und ein dicker Rauch ist auf dem Wasser gewesen.

Ich habe gemeint, es ist etwas bei mir vorbeigeflogen, aber Arthur hat schon gräßlich geheult, und er hat seinen Kopf gehalten. Es war aber nicht arg. Er hat bloß ein bißchen geblutet an der Stirne, weil ihn etwas getroffen hat. Ich glaube, es war ein Bleisoldat.

Ich habe ihn abgewischt, und er hat gefragt, wo sein Dampfschiff ist. Es war aber nichts mehr da; bloß der vordere Teil war noch da und ist auf dem Wasser geschwommen. Das andere ist alles in die Luft geflogen.

Er hat geweint, weil er geglaubt hat, daß sein Vater schimpft, wenn kein Schiff mehr da ist. Aber ich habe gesagt, wir sagen, daß die Räder so gelaufen sind, und es ist fortgeschwommen, oder er sagt gar nichts und geht erst heim, wenn es dunkel ist. Dann weiß es niemand, und wenn ihn wer fragt, wo das Schiff ist, sagt er, es ist droben, aber er mag nicht damit spielen. Und wenn eine Woche vorbei ist, sagte er, es ist auf einmal nicht mehr da. Vielleicht ist es gestohlen worden.

Der Arthur sagte, er will es so machen und warten, bis es dunkel wird.

Wie wir das geredet haben, da hat es hinter uns Spektakel gemacht. Ich habe geschwind umgeschaut, und da habe ich auf einmal gesehen, wie der Rafenauer hergelaufen ist. Er hat geschrien: »Hab ich enk, ihr Saububen, ihr miserabligen!«

Ich bin gleich davon, bis ich zum Heustadel gekommen bin. Da habe ich mich geschwind versteckt und hingeschaut. Der Arthur ist stehengeblieben, und der Rafenauer hat ihm die Ohrfeigen gegeben. Er ist furchtbar grob.

Und er hat immer geschrien: »De Saububen zünden noch mein Haus o. Und meine Äpfel stehlen s' und meine Zwetschgen stehlen s', und mei Haus sprengen s' in d' Luft!«

Er hat ihm jedesmal eine Watschen gegeben, daß es geknallt hat.

Ich habe schon gewußt, daß er einen Zorn auf uns hat, weil ich und der Lenz ihm so oft seine Äpfel stehlen, und er kann uns nicht erwischen.

Aber den Arthur hat er jetzt erwischt, und er hat alle Prügel gekriegt.

Wie der Rafenauer fertig war, ist er fortgegangen. Aber dann ist er stehengeblieben und hat gesagt: »Du Herrgottsakerament!« und ist wieder umgekehrt und hat ihm noch mal eine hineingehauen.

Der Arthur hat furchtbar geweint und hat immer geschrien: »Ich sage es meinem Papa!«

Es wäre gescheiter gewesen, wenn er fortgelaufen wäre; der Rafenauer kann nicht nachkommen, weil er so schnauft. Man muß immer um die Bäume herumlaufen, dann bleibt er gleich stehen und sagt: »Ich erwisch enk schon noch einmal.« Ich und der Lenz wissen es; aber der Arthur hat es nicht gewußt.

Er hat mich gedauert, weil er so geweint hat, und wie der Rafenauer fort war, bin ich hingelaufen und habe gesagt, er soll sich nichts daraus machen. Aber er hat nicht aufgehört und hat immer geschrien: »Du bist schuld; ich sage es meinem Papa.«

Da habe ich mich aber geärgert, und ich habe gesagt, daß ich nichts dafür kann, wenn er so dumm ist.

Da hat er gesagt, ich habe das Schiff kaputtgemacht, und ich habe so geknallt, daß der Bauer gekommen ist und er Schläge gekriegt hat.

Und er ist schnell fortgelaufen und hat geweint, daß man es weit gehört hat. Ich möchte mich schämen, wenn ich so heulen könnte wie ein Mädchen. Und er hat gesagt, er ist ein Admiral.

Ich dachte, es ist gut, wenn ich nicht gleich heimgehe, sondern ein bißchen warte.

Wie es dunkel war, bin ich heimgegangen, und ich bin

beim Scheck ganz still vorbei, daß mich niemand gemerkt hat.

Der Herr war im Gartenhaus, und die Frau und das dicke Mädchen. Der Scheck war auch dabei. Ich habe hineingeschaut, weil ein Licht gebrannt hat. Ich glaube, sie haben von mir geredet. Der Herr hat immer den Kopf geschüttelt und hat gesagt: »Wer hätte es gedacht! Ein solcher Lausejunge!« Und das dicke Mädchen hat gesagt: »Er will, daß mir Arthur Schlangen ins Bett legt. Hat man so was schon gehört?«

Ich bin nicht mehr eingeladen worden, aber wenn mich der Herr sieht, hebt er immer seinen Stock und ruft: »Wenn ich dich mal erwische!« Ich bin aber nicht so dumm wie sein Arthur, daß ich stehenbleibe.

◆◆

Jugend am Chiemsee

Der Chiemsee! Wenn ich die Augen schließe, und, sei es, wo immer, Wasser an Schiffsplanken plätschern höre, erwacht in mir die Erinnerung an die Jugendzeit, an Stunden, die ich im Kahn verträumte, den See rundum und den Himmel über mir.

Ich sehe die stille Insel, von der die feierlichen Glockenklänge herüberklingen, ich höre den Kahn auf feinem Kiese knirschen, springe heraus und stehe wieder unter den alten Linden, von wo aus der Blick über die blaue Flut hinüber nach den Chiemgauer und Salzburger Bergen schweift. Ich gehe an der Klostermauer entlang und sitze am Ufer, wo Frieden und Feierabend sich tiefer ins Herz senken als irgendwo in der Welt, ich gehe zu den niederen Fischerhütten und sehe zu, wie man die Netze aufhängt und die Arbeit für den kommenden Tag bereitet.

Ein abgeschiedenes Stück Erde und ein versunkenes Glück in Jugend und Sorglosigkeit!

Aber doch! Dieses Glück gab es einmal, es erfüllte das Herz des Knaben mit Heimatliebe und wirkte lange nach.

In der efeuumrankten Wirtsstube auf der Fraueninsel habe ich oft ehrfürchtig die Bände der Künstlerchronik durchgeblättert und gesehen, wie diese friedliche Schönheit um mich herum auf bedeutende Menschen Eindruck gemacht hatte.

In den Gedichten war viel die Rede vom Chiemsee, von Werinher und Irmingard, und diese Romantik der Scheffel-

und Stielerzeit begeisterte mich zu den ersten Versen, die ich, allerdings viel später, auf blaue Flut und Klosterfrieden dichtete.

Die Mitglieder der Künstlerkolonie betrachtete ich mit respektvoller Bewunderung, in die sich etwas Neid mischte; denn Maler zu sein, erschien mir als das schönste Los, und heute noch, wenn ich Ölfarbe rieche und Farben mischen sehe, überkommen mich alte Wünsche.

Haushofer, Raupp, Wopfner und etliche mehr waren die Herrscher auf der Insel, die von Künstlern für Künstler entdeckt und in Besitz genommen worden war.

Laienbesucher hielten sich nur etliche Stunden auf und strichen scheu um die Größen herum, die nach der Abfahrt des letzten Dampfschiffes unter sich blieben. Der dicken alten Julie standen sie weniger als Gäste, denn als Hüter ihrer Rechte und der alten Ordnung gegenüber, und wenn meine Mutter, wie sie es jeden Sommer einmal tat, zu Besuch kam, mußte sie Seufzer und Klagen über die Maler hören.

Die jungen Künstler, Söhne oder auch Schüler der Herren Professoren, hatten für Fröhlichkeit und die herkömmliche Ungebundenheit zu sorgen. Sie veranstalteten Feste an Geburtstagen der Größen, Kahnfahrten, Ausflüge, die dann im Chronikstil ausführlich beschrieben wurden.

Es war eine andere Zeit, und wenn ich mich daran erinnere, wie damals eine absprechende Kritik über einen der Könige der Fraueninsel die ganze Kolonie in Aufregung versetzte, wie sich die Entrüstung übers Wasser gegen Prien hin fortschwang und viele Gemüter beschäftigte, dann darf ich wohl sagen, es war eine harmlose Zeit.

Im Mittelpunkt des allgemeinen Interesses stand der Bau des Königsschlosses auf Herrenchiemsee, der als Symptom der beginnenden Erkrankung Ludwigs II. gelten darf.

Vielleicht ist noch kein Platz unpassender für eine Geschmacklosigkeit gewählt worden als der einstmals wunderschöne Hochwald auf Herrenwörth.

Um ihn zu retten, hatte der König die Insel gekauft, als im Jahre 1874 württembergische Händler den Besitz vom Grafen Hunoldstein erworben und mit dem Abholzen begonnen hatten.

Nunmehr, Ende der siebziger Jahre, zerstörte er selber den Wald und das reizvollste Landschaftsbild, indem er den unglücklichen Abklatsch des Versailler Schlosses errichten ließ.

Der Bau ist nicht fertig geworden, und der viereckige Kasten, der patzig die Insel beherrscht und der von weit und breit die Blicke auf sich zieht, schaut aus wie ein Gefängnis.

Tritt man näher hinzu, oder besucht man den Prachtbau, so friert einen vor dem überladenen, planlos angehäuften Prunk.

Damals freilich kritisierte man nicht; im Lande galt auch dieser Plan des Königs als Beweis seiner kunstfreudigen, vom Großvater ererbten Art, und am Chiemsee war man wohl zufrieden mit dem regen Leben, das sich nunmehr entwickelte.

Lärm gab es genug.

Scharen von Arbeitern siedelten sich auf der Insel, aber auch auf den nächsten Ufern an; Bauführer und Poliere mieteten sich in Prien ein, die Zufuhr des Materials brachte Fuhrleuten und Schiffen guten Verdienst, und der große Mann in diesem früher so stillen Winkel war der Erbauer des Schlosses, Ritter von Brandl.

Der Bau währte bis zum Frühjahr 1886 und gab Anlaß zu vielen Geschichten und Gerüchten.

Dem König dauerte er zu lange, und es soll ihm bei Besuchen manches vorgetäuscht worden sein, was nach seiner Abreise wieder verschwand; zuweilen wurde die Zahl der

Arbeiter stark verringert, und am Chiemsee erzählte man sich dann mit Augenblinzeln die seltsame Mär, daß auch einem König das Kleingeld ausgehen könne.

Eine barbarische Maßregel war der Abschuß des Damwildes, das bis dahin ungestört auf der Insel gehegt worden war. Wenn man an stillen Abenden an der Südspitze der Herreninsel vorüberfuhr, sah man stets etliche Hirsche und Tiere, die ganz vertraut waren; auch von der Klosterwirtschaft aus hatte man oft den Anblick, wie Damwild auf die Wiesen austrat und äste.

Jetzt sollte es wegen der neuen Gartenanlagen ausgerottet werden. Alle Jäger und Schießer und Schinder im Chiemgau wurden zu dieser Jagd eingeladen; mit grobem und leichtem Schrot, mit gehacktem Blei und ganz vereinzelt nur mit der Kugel wurde auf das gehetzte Wild geschossen. Angepatzt und immer wieder aufgestört, wurden viele davon erst nach Tagen zur Strecke gebracht, und endlich war kein Stück mehr am Leben, das die übrigens nie ausgeführten Gartenanlagen hätte beschädigen können.

Wenn der König kam, wurden vorher viele Tausende von Blumen in Töpfen herbeigeschafft; man grub sie in den Boden ein und täuschte dem Schloßherrn einen herrlich gepflegten Garten vor.

Im Frühjahr 1886 wurde die Arbeit, die schon vorher gestockt hatte, ganz eingestellt; es war so was wie ein Bankerott, dem bald die Absetzung folgte.

Späterhin führte die Neugierde viele Besucher herbei, und es gehörte auch zu der weit verbreiteten Geschmacklosigkeit, daß diese leblose überladene Pracht bewundert wurde. Die Vorstellung, daß ein einzelner Mensch mit ein paar Dienern in diesen Räumen, langgestreckten Gängen und Spiegelgalerien auch nur etliche Stunden zubringen, hinter diesen von Gold starrenden Brokatvorhängen schlafen sollte, ist unmöglich.

Meine Mutter ließ sich nach dem Tode des Königs nicht zu einem Besuche des Schlosses überreden; sie wollte sich teure und in Ehren gehaltene Erinnerungen an den unglücklichen Mann und an schöne Tage in der stillen Vorder-Riß nicht zerstören lassen. Wenn sie enthusiastische Berichte von der Pracht und Herrlichkeit hörte, erzählte sie, wie sich der König einstmals in seinem Jagdhause so wohl gefühlt hatte, und wie schlicht und einfach er gewesen war.

So sprach man von dem stillen Forsthause wie von einer verlorenen Heimat, an die sich alle mit Wehmut zurückerinnerten.

Das schöne Geschlecht

Jugendschwärmerei

Ich bewunderte einige Mitschüler, die auf dem Eise oder sonstwo mit Backfischen verkehrten, sprachen, Arm in Arm mit ihnen gingen.

Machte ich den Versuch, eine junge Dame, die im gleichen Hause wohnte, anzureden, dann war mir die Kehle wie zugeschnürt.

Ich trug wochenlang einen herzlich dummen Brief an jenen Backfisch in einem Schulbuche herum, immer mit der Absicht, ihn zu überreichen, wozu mir stets wieder der Mut fehlte.   *Aus: Erinnerungen*

Meine erste Liebe

An den Sonntagen durfte ich immer zu Herrn von Rupp kommen und bei ihm Mittag essen. Er war ein alter Jagdfreund von meinem Papa und hatte schon viele Hirsche bei uns geschossen. Es war sehr schön bei ihm. Er behandelte mich beinahe wie einen Herrn, und wenn das Essen vorbei war, gab er mir immer eine Zigarre und sagte: »Du kannst es schon vertragen. Dein Vater hat auch geraucht wie eine Lokomotive.« Da war ich sehr stolz.

Die Frau von Rupp war eine furchtbar noble Dame, und wenn sie redete, machte sie einen spitzigen Mund, damit es hochdeutsch wurde. Sie ermahnte mich immer, daß ich nicht Nägel beißen soll und eine gute Aussprache habe. Dann war noch eine Tochter da. Die war sehr schön und roch so gut. Sie gab nicht acht auf mich, weil ich erst vierzehn Jahre alt war, und redete immer von Tanzen und Konzert und einem gottvollen Sänger. Dazwischen erzählte sie, was in der Kriegsschule passiert war. Das hatte sie von den Fähnrichen gehört, die immer zu Besuch kamen und mit den Säbeln über die Stiege rasselten.

Ich dachte oft, wenn ich nur auch schon ein Offizier wäre, weil ich ihr dann vielleicht gefallen hätte, aber so behandelte sie mich wie einen dummen Buben und lachte immer dreckig, wenn ich eine Zigarre von ihrem Papa rauchte.

Das ärgerte mich oft, und ich unterdrückte meine Liebe zu ihr und dachte, wenn ich größer bin und als Offizier nach einem Kriege heimkomme, würde sie vielleicht froh sein. Aber dann möchte ich nicht mehr. Sonst war es aber sehr nett bei Herrn von Rupp, und ich freute mich furchtbar auf jeden Sonntag und auf das Essen und auf die Zigarre.

Der Herr von Rupp kannte auch unsern Rektor und sprach öfter mit ihm, daß er mich gern in seiner Familie habe, und daß ich schon noch ein ordentlicher Jägersmann werde, wie mein Vater. Der Rektor muß mich aber nicht gelobt haben, denn Herr von Rupp sagte öfter zu mir: »Weiß der Teufel, was du treibst. Du mußt ein verdammter Holzfuchs sein, daß deine Professoren so auf dich loshacken. Mach es nur nicht zu arg.« Da ist auf einmal etwas passiert.

Das war so. Immer wenn ich um acht Uhr früh in die Klasse ging, kam die Tochter von unserem Hausmeister, weil sie in das Institut mußte.

Sie war sehr hübsch und hatte zwei große Zöpfe mit roten Bändern daran und schon einen Busen. Mein Freund Raithel sagte auch immer, daß sie gute Potenzen habe und ein feiner Backfisch sei.

Zuerst traute ich mich nicht, sie zu begrüßen; aber einmal traute ich mich doch, und sie wurde ganz rot. Ich merkte auch, daß sie auf mich wartete, wenn ich später daran war. Sie blieb vor dem Hause stehen und schaute in den Buchbinderladen hinein, bis ich kam. Dann lachte sie freundlich, und ich nahm mir vor, sie anzureden.

Ich brachte es aber nicht fertig vor lauter Herzklopfen; einmal bin ich ganz nahe an sie hingegangen, aber wie ich dort war, räusperte ich bloß und grüßte. Ich war ganz heiser geworden und konnte nicht reden.

Der Raithel lachte mich aus und sagte, es sei doch gar nichts dabei, mit einem Backfisch anzubinden. Er könnte jeden Tag drei ansprechen, wenn er möchte, aber sie seien ihm alle zu dumm.

Ich dachte viel darüber nach, und wenn ich von ihr weg

war, meinte ich auch, es sei ganz leicht. Sie war doch bloß die Tochter von einem Hausmeister, und ich war schon in der fünften Lateinklasse. Aber wenn ich sie sah, war es ganz merkwürdig und ging nicht. Da kam ich auf eine gute Idee. Ich schrieb einen Brief an sie, daß ich sie liebte, aber daß ich fürchte, sie wäre beleidigt, wenn ich sie anspreche und es ihr gestehe. Und sie sollte ihr Sacktuch in der Hand tragen und an den Mund führen, wenn es ihr recht wäre.

Den Brief steckte ich in meinen Caesar, De bello gallico, und ich wollte ihn hergeben, wenn ich sie in der Frühe wieder sah.

Aber das war noch schwerer.

Am ersten Tag probierte ich es gar nicht; dann am nächsten Tag hatte ich den Brief schon in der Hand, aber wie sie kam, steckte ich ihn schnell in die Tasche.

Raithel sagte mir, ich solle ihn einfach hergeben und fragen, ob sie ihn verloren habe. Das nahm ich mir fest vor, aber am nächsten Tag war ihre Freundin dabei, und da ging es wieder nicht.

Ich war ganz unglücklich und steckte den Brief wieder in meinen Caesar.

Zur Strafe, weil ich so furchtsam war, gab ich mir das Ehrenwort, daß ich sie jetzt anreden und ihr alles sagen und noch dazu den Brief geben wolle.

Raithel sagte, ich müsse jetzt, weil ich sonst ein Schuft wäre. Ich sah es ein und war fest entschlossen.

Auf einmal wurde ich aufgerufen und sollte weiterfahren. Weil ich aber an die Marie gedacht hatte, wußte ich nicht einmal das Kapitel, wo wir standen, und da kriegte ich einen brennroten Kopf. Dem Professor fiel das auf, da er immer Verdacht gegen mich hatte, und er ging auf mich zu.

Ich blätterte hastig herum und gab meinem Nachbar einen Tritt. »Wo stehen wir? Herrgottsakrament!« Der dumme Kerl flüsterte so leis, daß ich es nicht verstehen konnte, und der Professor war schon an meinem Platz. Da fiel auf einmal der Brief aus meinem Caesar und lag am Boden.

Er war auf Rosapapier geschrieben und mit einem wohlriechenden Pulver bestreut.

Ich wollte schnell mit dem Fuße darauftreten, aber es ging nicht mehr. Der Professor bückte sich und hob ihn auf.

Zuerst sah er mich an und ließ seine Augen so weit heraushängen, daß man sie mit einer Schere hätte abschneiden können. Dann sah er den Brief an und roch daran, und dann nahm er ihn langsam heraus. Dabei schaute er mich immer durchbohrender an, und man merkte, wie es ihn freute, daß er etwas erwischt hatte.

Er las zuerst laut vor der ganzen Klasse.

»Innig geliebtes Fräulein! Schon oft wollte ich mich Ihnen nahen, aber ich traute mich nicht, weil ich dachte, es könnte Sie beleidigen.«

Dann kam er an die Stelle vom Sacktuch, und da murmelte er bloß mehr, daß es die andern nicht hören konnten.

Und dann nickte er mit dem Kopfe auf und ab, und dann sagte er ganz langsam:

»Unglücklicher, gehe nach Hause. Du wirst das Weitere hören.«

Ich war so zornig, daß ich meine Bücher an die Wand schmeißen wollte, weil ich ein solcher Esel war. Aber ich dachte, daß mir doch nichts geschehen könnte. Es stand nichts Schlechtes in dem Brief; bloß daß ich verliebt war. Das geht doch den Professor nichts an.

Aber es kam ganz dick.

Am nächsten Tag mußte ich gleich zum Rektor. Der hatte sein großes Buch dabei, wo er alles hineinstenographierte, was ich sagte. Zuerst fragte er mich, an wen der Brief sei. Ich sagte, er sei an gar niemand. Ich hätte es bloß so geschrieben aus Spaß. Da sagte er, das sei eine infame Lüge, und ich wäre nicht bloß schlecht, sondern auch feig.

Da wurde ich zornig und sagte, daß in dem Briefe gar nichts Gemeines darin sei, und es wäre ein braves Mädchen. Da lachte er, daß man seine zwei gelben Stockzähne sah, weil ich mich verraten hatte. Und er fragte immer nach dem Namen. Jetzt war mir alles gleich, und ich sagte, daß kein anständiger Mann den Namen verrät, und ich täte es niemals. Da schaute er mich recht falsch an und schlug sein Buch zu. Dann sagte er: »Du bist eine verdorbene Pflanze in unserem Garten. Wir werden dich ausreißen. Dein Lügen hilft dir gar nichts; ich weiß recht wohl, an wen der Brief ist. Hinaus!«

Ich mußte in die Klasse zurückgehen, und am Nachmittag war Konferenz. Der Rektor und der Religionslehrer wollten mich dimittieren. Das hat mir der Pedell gesagt. Aber die andern halfen mir, und ich bekam acht Stunden Karzer. Das hätte mir gar nichts gemacht, wenn nicht das andere gewesen wäre.

Ich kriegte einige Tage darauf einen Brief von meiner Mama. Da lag ein Brief von Herrn von Rupp bei, daß es ihm leid täte, aber er könne mich nicht mehr einladen, weil ihm der Rektor mitteilte, daß ich einen dummen Liebesbrief an seine Tochter geschrieben habe. Er mache sich nichts daraus, aber ich hätte sie doch kompromittiert. Und meine Mama schrieb, sie wüßte nicht, was noch aus mir wird.

Ich war ganz außer mir über die Schufterei; zuerst weinte ich, und dann wollte ich den Rektor zur Rede stellen; aber dann überlegte ich es und ging zu Herrn von Rupp.

Das Mädchen sagte, es sei niemand zu Hause, aber das war nicht wahr, weil ich heraußen die Stimme der Frau von Rupp gehört habe.

Ich kam noch einmal, und da war Herr von Rupp da. Ich erzählte ihm alles ganz genau, aber wie ich fertig war, drückte er das linke Auge zu und sagte: »Du bist schon ein verdammter Holzfuchs. Es liegt mir ja gar nichts daran, aber meiner Frau.« Und dann gab er mir eine Zigarre und sagte, ich solle nun ganz ruhig heimgehen.

Er hat mir kein Wort geglaubt und hat mich nicht mehr eingeladen, weil man es nicht für möglich hält, daß ein Rektor lügt.

Man meint immer, der Schüler lügt.

Ich habe mir das Ehrenwort gegeben, daß ich ihn durchhaue, wenn ich auf die Universität komme, den kommunen Schuften.

Ich bin lange nicht mehr lustig gewesen. Und einmal bin ich dem Fräulein von Rupp begegnet. Sie ist mit ein paar Freundinnen gegangen, und da haben sie sich mit den Ellenbogen angestoßen und haben gelacht. Und sie haben sich noch umgedreht und immer wieder gelacht.

Wenn ich auf die Universität komme und Korpsstudent bin, und wenn sie mit mir tanzen wollen, lasse ich die Schneegänse einfach sitzen.

Das ist mir ganz Wurscht.

◆◆

Die Verlobung

Unser Klaßprofessor Bindinger hatte es auf meine Schwester Marie abgesehen.

Ich merkte es bald, aber daheim taten alle so geheimnisvoll, daß ich nichts erfahre.

Sonst hat Marie immer mit mir geschimpft, und wenn meine Mutter sagte: »Ach Gott, ja!«, mußte sie immer noch was dazutun und sagte, ich bin ein nichtsnutziger Lausbub. Auf einmal wurde sie ganz sanft. Wenn ich in die Klasse ging, lief sie mir oft bis an die Treppe nach und sagte: »Magst du keinen Apfel mitnehmen, Ludwig?« Und dann gab sie Obacht, daß ich einen weißen Kragen anhatte, und band mir die Krawatte, wenn ich es nicht recht gemacht hatte.

Einmal kaufte sie mir eine neue, und sonst hat sie sich nie darum gekümmert Das kam mir gleich verdächtig vor, aber ich wußte nicht, warum sie es tat.

Wenn ich heimkam, fragte sie mich oft: »Hat dich der Herr Professor aufgerufen? Ist der Herr Professor freundlich zu dir?«

»Was geht denn dich das an?« sagte ich. »Tu nicht gar so gescheit! Auf dich pfeife ich!«

Ich meinte zuerst, das ist eine neue Mode von ihr, weil die Mädel alle Augenblicke was anders haben, daß sie recht gescheit aussehen. Hinterher habe ich mich erst ausgekannt. Der Bindinger konnte mich nie leiden, und ich ihn auch nicht. Er war so dreckig.

Zum Frühstück hat er immer weiche Eier gegessen; das sah man, weil sein Bart voll Dotter war.

Er spuckte einen an, wenn er redete, und seine Augen waren grün wie von einer Katze. Alle Professoren sind dumm, aber er war noch dümmer.

Die Haare ließ er sich auch nicht schneiden und hatte viele Schuppen.

Wenn er von den alten Deutschen redete, strich er seinen Bart und machte sich eine Baßstimme.

Ich glaube aber nicht, daß sie einen solchen Bauch hatten und so abgelatschte Stiefel wie er.

Die andern schimpfte er, aber mich sperrte er ein, und er sagte immer: »Du wirst nie ein nützliches Glied in der Gesellschaft, elender Bursche!«

Dann war ein Ball in der Liedertafel, wo meine Mutter auch hinging wegen der Marie.

Sie kriegte ein Rosakleid dazu und heulte furchtbar, weil die Näherin so spät fertig wurde. Ich war froh, wie sie draußen waren mit dem Getue.

Am andern Tage beim Essen redeten sie vom Balle, und Marie sagte zu mir: »Du, Ludwig, Herr Professor Bindinger war auch da. Nein, das ist ein reizender Mensch!«

Das ärgerte mich, und ich fragte sie, ob er recht gespuckt hat, und ob er ihr Rosakleid nicht voll Eierflecken gemacht hat.

Sie wurde ganz rot, und auf einmal sprang sie in die Höhe und lief hinaus, und man hörte durch die Tür, wie sie weinte.

Ich mußte glauben, daß sie verrückt ist, aber meine Mutter sagte sehr böse: »Du sollst nicht unanständig reden von deinen Lehrern; das kann Mariechen nicht ertragen.«

»Ich möchte schon wissen, was es sie angeht, das ist doch dumm, daß sie deswegen weint.«

»Mariechen ist ein gutes Kind«, sagte meine Mutter, »und

sie sieht, was ich leiden muß, wenn du nichts lernst und unanständig bist gegen deinen Professor.«

»Er hat aber doch den ganzen Bart voll lauter Eidotter«, sagte ich.

»Er ist ein sehr braver und gescheiter Mann, der noch eine Laufbahn hat. Und er war sehr nett zu Mariechen. Und er hat ihr auch gesagt, wieviel Sorgen du ihm machst. Und jetzt bist du ruhig!«

Ich sagte nichts mehr, aber ich dachte, was der Bindinger für ein Kerl ist, daß er mich bei meiner Schwester verschuftet.

Am Nachmittag hat er mich aufgerufen; ich habe aber den Nepos nicht präpariert gehabt und konnte nicht übersetzen. »Warum bist du schon wieder unvorbereitet, Bursche?« fragte er.

Ich wußte zuerst keine Ausrede und sagte: »Entschuldigen, Herr Professor, ich habe nicht gekonnt.«

»Was hast du nicht gekonnt?«

Ich habe keinen Nepos nicht präparieren gekonnt, weil meine Schwester auf dem Ball war.«

»Das ist doch der Gipfel der Unverfrorenheit, mit einer so törichten Entschuldigung zu kommen«, sagte er, aber ich habe mich schon auf etwas besonnen und sagte, daß ich so Kopfweh gehabt habe, weil die Näherin so lange nicht gekommen war, und weil ich sie holen mußte und auf der Stiege ausrutschte und mit dem Kopf aufschlug und furchtbare Schmerzen hatte.

Ich dachte mir, wenn er es nicht glaubt, ist es mir auch wurscht, weil er es nicht beweisen kann.

Er schimpfte mich aber nicht und ließ mich gehen.

Einen Tag danach, wie ich aus der Klasse kam, saß die Marie auf dem Kanapee im Wohnzimmer und heulte furchtbar. Und meine Mutter hielt ihr den Kopf und sagte: »Das wird schon, Mariechen. Sei ruhig, Kindchen!«

»Nein, es wird niemals, ganz gewiß nicht, der Lausbub tut es mit Fleiß, daß ich unglücklich werde.«

»Was hat sie denn schon wieder für eine Heulerei?« fragte ich. Da wurde meine Mutter so zornig, wie ich sie gar nie gesehen habe.

»Du sollst noch fragen!« sagte sie. »Du kannst es nicht vor Gott verantworten, was du deiner Schwester tust, und nicht genug, daß du faul bist, redest du dich auf das arme Mädchen aus und sagst, du wärst über die Stiege gefallen, weil du für sie zur Näherin mußtest. Was soll der gute Professor Bindinger von uns denken?« »Er wird meinen, daß wir ihn bloß ausnützen! Er wird meinen, daß wir alle lügen, er wird glauben, ich bin auch so!« schrie Marie und drückte wieder ihr nasses Tuch auf die Augen.

Ich ging gleich hinaus, weil ich schon wußte, daß sie noch ärger tut, wenn ich dabeiblieb, und ich kriegte das Essen auf mein Zimmer.

Das war an einem Freitag; und am Sonntag kam auf einmal meine Mutter zu mir herein und lachte so freundlich und sagte, ich soll in das Wohnzimmer kommen.

Da stand der Herr Professor Bindinger, und Marie hatte den Kopf bei ihm angelehnt, und er schielte furchtbar.

Meine Mutter führte mich bei der Hand und sagte: »Ludwig, unsere Marie wird jetzt deine Frau Professor«, und dann nahm sie ihr Taschentuch heraus und weinte. Und Marie weinte. Der Bindinger ging zu mir und legte seine Hand auf meinen Kopf und sagte: »Wir wollen ein nützliches Glied der Gesellschaft aus ihm machen.«

Die Indianerin

Auf einmal ist die Cora zu uns gekommen, und ich habe gar nichts von ihr gewußt.

Sie ist die Tochter von Onkel Hans, der in Bombay ist, weil er nichts gelernt hat und davon gejagt worden ist. Aber jetzt hat er viel Geld und eine Teepflanzung, und er schaukelt in einer Hängematte, und die Sklaven müssen fächeln, daß keine Fliege hinkommt.

Die Cora hat mir gleich gefallen. Sie hat schwarze Augen und schwarze Haare und lacht furchtbar. Aber nicht so, wie die Rosa von der Tante Theres, die immer die Hand vortut, daß man ihre abscheulichen Zähne nicht sieht.

Wie die Cora gekommen ist, hat sie mir die Hand geschüttelt, als wenn sie ein Junge wäre, und sie hat meine Mutter am Kopf genommen und hat gesagt, daß sie eine famose Frau ist, und hat sie geküßt.

Und zu Ännchen hat sie gesagt, daß sie ein hübsches Mädchen ist, und wenn sie ein junger Mann wäre, möchte sie ihr schrecklich den Hof machen. Und zu mir hat sie gesagt, daß ich gewiß ein strebsamer Student bin und noch ein Gelehrter werde mit Brillen auf der Nase. Da hat sie aber gelacht, weil meine Mutter seufzte. Ich habe ihr schon erzählt, daß ich gar nicht strebsam bin, und daß ich es machen möchte wie der Onkel Hans, und ich möchte nach Bombay gehen und Tiger schießen.

Sie hat gesagt, vielleicht kann sie mich mitnehmen, aber ich muß es gut überlegen, weil die Tiger so gefährlich sind.

Da habe ich gesagt, ich sitze auf einem Elefanten und schieße von oben herunter, und wenn der Tiger recht wild wird, kann er meine Sklaven fressen, die daneben herlaufen.

Sie hat gesagt, das ist wahr. Ich bin ein gescheiter Kerl, und wenn ich mit dem Gymnasium fertig bin, muß ich hinüberkommen.

Ich habe gesagt, das dauert mir zu lang, und man braucht doch kein Gymnasium nicht, wenn man nach Indien will. In den Büchern steht immer, daß ein Knabe durchbrennt und auf dem fremden Erdteil furchtbar viel Geld kriegt und auf Weihnachten als reicher Mann heimkommt. Das möchte ich auch, weil dann die Tante Theres die Augen aufreißt und neidisch ist, weil ich meiner Mutter einen ganzen Koffer voll Pelze mitbringe.

Cora hat gelacht und hat gesagt, ich muß es noch verschieben, weil ich viel lernen muß, daß unsre Mutter sich auch ohne Pelze freuen kann.

Ich bin immer bei Cora gewesen, wenn ich frei gehabt habe. Wir sind oft auf den Stadtplatz gegangen, weil die Musik gespielt hat, und alle Leute sind um den Springbrunnen gestanden oder gegangen. Die Herren haben immer geschaut, wenn wir gekommen sind, und am meisten hat der Apothekerprovisor geschaut. Er heißt Oskar Seitz. Ich weiß es, weil die Tante Theres so viel erzählt von ihm, denn sie glaubt, er mag die Rosa heiraten. Er ist in der Engelapotheke, und ich kann ihn nicht leiden, weil er so protzig tut, wenn man Bärenzucker kauft. Wenn Mädchen im Laden sind, muß man furchtbar lang warten, und da habe ich einmal mit meinem Geld auf den Tisch geklopft und habe gesagt, es sei eine Schweinerei, wie schlecht man heutzutage bedient wird. Da hat er gesagt, ich bin ein frecher Lausejunge, und er haut mir noch einmal auf die Ohren. Da habe ich gesagt, ich will mich bei seinem Prinzipal beschweren, und meinen Bärenzucker muß ich leider anderswo beziehen. Da hat er mich nicht mehr leiden können. Ich habe es Cora erzählt, und wenn wir ihn gesehen haben, hat sie immer lachen müssen. Der Seitz hat gegrüßt und hat seine Augen furchtbar groß gemacht. Sie stehen ihm ganz weit heraus und sind grün, wie die von einer Katze. Er hat sich immer umgedreht nach uns und ist immer so gegangen, daß er wieder bei uns vorbeigekommen ist. Einmal ist die Cora von mir weggegangen, weil sie eine Freundin von Ännchen gesehen hat. Da ist der Seitz zu mir und hat freundlich getan. Er hat gefragt, wie es mir geht und wie es meiner Mutter geht. Ich habe gesagt, es geht uns gut. Da hat er gefragt, ob wir Besuch haben, und ob es wahr ist, daß die junge Dame von Indien ist. Ich habe gesagt, sie ist von Indien. Da hat er gesagt, das ist sehr interessant, und ob sie noch lange bleibt und wer ihre Eltern sind. Ich habe gesagt, daß ihr Papa der Onkel Hans ist, der ganze Schiffe voll Tee nach Europa schickt. Er hat mir die Hand gegeben und hat gesagt, ob ich nicht wieder komme, und er schenkt mir Bärenzucker. Ich habe gesagt, vielleicht komme ich. Am Sonntag Vormittag hat es bei uns geläutet, und wie ich aufgemacht habe, ist der Seitz dagewesen in einem schwarzen Anzug und mit gelbe Handschuhe. Er hat gesagt, er will nur meine Mutter besuchen, weil er sie lange nicht mehr gesehen hat. Ich habe ihn in das schöne Zimmer geführt, und meine Mutter hat sich gefreut, daß er so aufmerksam ist, und sie ist hinein; und ich bin auch hinein. Der Seitz hat sich auf das Kanapee gesetzt und hat den Hut auf die Knie gehalten. Meine Mutter hat gesagt, das ist schön, daß er uns die Ehre gibt, und wie es ihm geht. Er hat gesagt, es geht ihm gut, aber natürlich, man muß viel arbeiten, weil noch oft Leute bei der Nacht kommen und eine Arznei wollen, und es ist merkwürdig, wie viele Krankheiten es in der Stadt gibt. Meine Mutter hat gesagt, daß es traurig ist, aber sie hofft, es wird jetzt im Sommer besser, weil sich die Leute nicht so verkälten. Er hat gesagt, er hofft es auch, und dann hat er seinen Hut gehalten und hat furchtbar gegähnt, daß seine Augen naß geworden sind. Dann hat er wieder gesagt, es gibt auch im Sommer viele Krankheiten, und es hört nie auf. Er hat im Zimmer herumgeschaut, als wenn er auf jemand wartet, und meine Mutter hat gefragt, ob der Herr Apotheker gesund ist. Er ist schon gesund, hat er gesagt, und er geht jetzt aufs Land. Meine Mutter hat gesagt, natürlich, der Herr Apotheker kann beruhigt aufs Land gehen, weil der Herr Seitz da bleibt und das ganze Geschäft führt. Sie hat es von der Tante Theres gehört, wie tüchtig der Herr Provisor ist. Er hat wieder den Hut vorgehalten und hat gegähnt. Und dann hat er gefragt, wie es dem Fräulein Ännchen geht. Meine Mutter hat freundlich gelacht und hat gesagt, es geht ihr gottlob gut, und sie ist ein kerngesundes Mädchen. Da hat der Seitz gesagt, er freut sich schon auf den Winter, wenn er mit ihr tanzen darf, und ob sie vielleicht wieder auf den Harmonieball kommt. Meine Mutter hat gesagt, wenn sie noch das Leben hat, geht sie mit Ännchen hin, und es tut ihr leid, daß Ännchen nicht zu Hause ist; aber sie ist mit unserer Nichte fortgegangen. Mit welcher Nichte? hat der Seitz gefragt. Mit Mistreß Pfeiffer, hat meine Mutter gesagt. Ach ja, hat der Seitz gesagt, es ist vielleicht die ausländische Dame? Jawohl, hat meine Mutter gesagt, es ist das hindianische Mädchen. Der Seitz hat gesagt, er hat davon gehört, und es ist sehr interessant, daß wir von so weit einen Besuch kriegen, und er hat als Apotheker ein großes Interesse für Indien, weil die meisten Arzneien davon herkommen. Meine Mutter hat gesagt, es ist sehr schade, daß Cora nicht da ist, denn sie könnte dem Herrn Provisor gewiß alles erzählen, weil sie ein sehr gebildetes Mädchen ist. Der Seitz ist aufgestanden und hat gesagt, er muß jetzt gehen, und er hat gottlob gesehen, daß meine Mutter in der besten Gesundheit ist, und es findet sich vielleicht schon eine Gelegenheit, daß er auch die

Fräulein Nichte kennenlernt, weil man jetzt an den warmen Abenden öfter auf den Keller geht. Dann ist er gegangen, und vor der Türe hat er zu mir gesagt, er hofft, daß ich bald einen Bärenzucker hole.

Wie die Cora heimgekommen ist, habe ich ihr gleich erzählt, daß der Seitz dagewesen ist, und sie hat gelacht. Aber sie hat mir nicht gesagt, warum sie lachen muß. Ich glaube, weil er so grüne Augen hat und sie so weit heraushängen läßt. Am Nachmittag ist die Tante Theres gekommen mit ihrer Rosa, und der Onkel Pepi ist auch gekommen mit der Tante Elis. Wir sind im Gartenhaus gesessen und haben Kaffee getrunken. Meine Mutter war sehr lustig, weil so viele Leute beisammen waren, und Cora hat gleich die Kaffeekanne genommen und hat eingeschenkt. Sie hat den Onkel Pepi gefragt, ob er hell oder dunkel will. Da hat er gesagt, er mag dunkel gern, und hat Cora angeschaut und hat gelacht. Die Tante Elis hat seine Tasse weggezogen und hat gesagt, er darf nicht gleich trinken, weil der Kaffee zu heiß ist. Meine Mutter hat gelacht und hat gesagt, ob sie will, daß der Onkel Pepi noch schöner wird, weil man schön wird, wenn man den Kaffee kalt trinkt. Die Tante Elis ist rot geworden und hat gesagt, er ist ihr schön genug, und für andere Leute braucht er nicht schön zu sein. Cora hat gemeint, es ist Spaß, weil sie die Tante Elis noch nicht recht kennt, und sie hat mit dem Finger gedroht und hat gefragt, ob vielleicht die Tante eifersüchtig wird, wenn der Onkel Pepi noch schöner wird. Da hat die Tante Elis gesagt, daß man in Deutschland nicht eifersüchtig sein muß, weil die Frauen in Deutschland anständig sind. Meine Mutter hat ihre Haube gerichtet. Das tut sie immer, wenn sie ärgerlich wird.

Aber Cora hat getan, als wenn sie nichts merkt, und hat der Tante Theres eingeschenkt, und dann hat sie der Rosa einschenken wollen. Aber die Rosa hat geschwind ihre Hand über die Tasse gehalten und hat gesagt, sie trinkt später und schenkt sich schon selber ein.

Eine Zeitlang ist gar nichts geredet worden; der Onkel Pepi hat seine Schnupftabakdose in der Hand herumgedreht, und die Rosa hat aus ihrer Samttasche die Spitzen geholt und hat furchtbar gehäkelt, und die Tante Theres hat gestrickt, und die Tante Elis hat ihre Hände über den Bauch gefaltet und hat herumgeschaut. Die Cora ist neben Ännchen gesessen und hat ihr einen Zwieback in den Mund geschoben, und dann haben alle zwei lustig gelacht. Aber die Tante Elis hat den Kopf geschüttelt und hat den Onkel Pepi angeschaut, und dann hat sie wieder den Kopf geschüttelt. Und die Tante Theres hat eine Stricknadel aus dem Strumpf gezogen und hat sich an die Nase gekitzelt und hat die Tante Elis angeschaut, und dann haben sie miteinander den Kopf geschüttelt. Die Cora hat meine Mutter beim Kinn genommen und hat gesagt: »Altes Mamachen, du trinkst gar keinen Kaffee nicht, er ist doch ganz echt von Indien.« Und sie hat ihr einen Kuß gegeben. Die Tante Elis hat noch stärker den Kopf geschüttelt, und die Tante Theres hat gesagt, sie muß sich auch wundern, daß meine Mutter den Kaffee nicht mag, weil sie doch sonst eine solche Vorliebe für das Indische hat. Da hat sich der Onkel Pepi getraut und hat gesagt, daß der Kaffee ausgezeichnet ist, und er hat noch nie einen so guten getrunken. Die Tante Elis hat die Augen zu ihm hingedreht und hat gesagt, wenn er mehr Gehalt hätte, und wenn sie nicht jeden Pfennig anschauen muß, dann hätten sie alle Tage einen feinen Bohnenkaffee. Cora hat freundlich den Onkel angelacht und hat gesagt, wenn er vielleicht ihren Papa in Bombay besucht, kann er den allerbesten trinken. Da ist die Tante Elis wieder rot geworden und hat gesagt, daß der Onkel Pepi daheim gut aufgehoben ist und nicht fortzureisen braucht. Und die Tante Theres hat furchtbar mit dem Kopf genickt und hat mit ihrer Stricknadel in die

Zähne gestochen. Und dann hat sie ganz langsam gesagt: »Bleibc im Lande und nähre dich redlich!«

Der Onkel Pepi hat nichts gesagt und hat geschnupft. Aber die Cora hat sich nichts daraus gemacht und hat die Rosa gefragt, was sie für eine Arbeit macht. Sie macht einen Sofaschoner, hat die Rosa gesagt und hat gar nicht aufgeschaut. Da hat die Cora gesagt, es muß sehr langweilig sein, wenn so ein großes Stück häkelt, und es ist vielleicht gescheiter, wenn man es billig kauft. Die Tante Theres hat zur Tante Elis Augen gemacht und hat geseufzt, und dann hat sie gesagt, daß sich in Deutschland die Mädchen nützlich beschäftigen müssen, und daß nicht alle Leute Geld haben zum Kaufen. Da ist Cora auch ein bißchen rot geworden und hat gefragt, ob es so nützlich ist, wenn man ein halbes Jahr lang arbeitet und dann nichts hat als einen Sofaschoner. Die Tante Theres hat angefangen zu schielen, und ich habe gewußt, daß sie jetzt ganz wild ist. Sie hat gesagt, daß es nützlicher ist, als wenn die Mädchen nichts tun. Vielleicht ist es bei den Indianern anders. Da hat meine Mutter dareingeredet, daß man sehr brav sein kann und nicht häkelt, und daß man häkeln kann und nicht brav ist. Da hat Cora lustig gelacht und hat gesagt, daß meine Mutter eine famose Frau ist, und sie holt auch eine Handarbeit, damit sie für die Tanten brav ausschaut. Sie ist aufgestanden, und Ännchen ist mit ihr gegangen. Wie sie weggewesen ist, hat meine Mutter ihre Haube noch fester gesteckt und hat gesagt, sie begreift nicht, wie man sich so benehmen kann. »Wer?« hat Tante Elis gefragt. »Ihr zwei«, hat meine Mutter gesagt.

Da hat die Tante Theres gelacht, als wenn sie einen furchtbaren Spaß hat, und die Tante Elis hat gerufen: »Nein, du bist köstlich!« Und die Rosa hat gekichert, daß man ihre schmutzigen Zähne gesehen hat. Die Tante Elis hat noch einmal gerufen: »Du bist wirklich köstlich!« Und Tante Theres hat gesagt: »Ärgere dich nicht, Elis, das Indianerkind ist eben eine Perle.«

»Was hat sie euch getan?« hat meine Mutter gefragt. »Hat sie euch beleidigt?«

»Das möchte ich ihr nicht raten«, hat Tante Theres gesagt und hat furchtbar geschielt und hat ihre Stricknadel in den Wollknäuel gestochen, als wenn er ihr Feind ist. Und Tante Elis hat gesagt: »Wie benimmt sich denn dieses Mädchen überhaupt?«

»Sie benimmt sich sehr fein«, hat meine Mutter gesagt.

Da hat Tante Elis den Kaffeelöffel auf den Tisch hineingeworfen und hat gefragt, ob es vielleicht fein ist, wenn ein Mädchen so mit ihren Augen herumschmeißt auf alte Männer, die nie gescheit werden, und ob es vielleicht anständig ist, einen Mann aufzuhetzen gegen seinen Kaffee, den er daheim kriegt?

Und Tante Theres hat gesagt, sie erlaubt ihrer Rosa nicht, daß sie zu viel verkehrt mit dieser exotischen Erscheinung. Meine Mutter hat ganz verwundert geschaut. Sie versteht es nicht, warum alle so bös sind auf Cora. Sie hat sich gefreut auf Deutschland, und jetzt schimpfen die Verwandten darauf. Tante Elis hat gesagt, wenn man nicht blind ist, sieht man es schon, daß dieses Mädchen keine Erziehung hat. Cora hat erst nach drei Wochen bei ihr einen Besuch gemacht, und wie sie da war, hat sie ganz unanständig gelacht über den ausgestopften Mops im Wohnzimmer, und dann ist sie nicht mehr gekommen, aber ein gewisser Mann, der nie gescheit wird, sagt jetzt auch, daß der ausgestopfte Buzi ekelhaft ist, und den Kaffee will er auch nicht mehr, aber sie will sehen, ob sie ihrem Mann den Kopf verdrehen läßt.

Tante Theres hat so stark gestrickt, daß sie mit den Nadeln geklappert hat, und sie hat gesagt, wie sich die Cora gegen die jungen Herren benimmt, das ist eine Schande. Vielleicht geht so was in Bombay, aber nicht hier in Weilbach, wo man noch Anstand hat, und sie hat kein Korsett nicht an. Rosa hat ihren Kopf so hineingesteckt, als wenn sie sich schämen muß wegen ihre Verwandte, und alle haben nicht gesehen, daß hinten am Zaun der Apotheker Seitz vorbei ist. Er ist dort gestanden und hat immer gegrüßt, aber ich habe mit Fleiß getan, als wenn ich ihn nicht kenne. Da ist er gegangen und hat immer umgeschaut. Wie er fort war, hat die Tante Theres immer noch geredet und hat gesagt, daß es in der ganzen Stadt aufgefallen ist, wie neulich die Cora den Herrn Provisor Seitz angelacht hat. Sie glaubt, daß der Provisor ein solches Benehmen sich gar nicht erklären kann.

Da habe ich gesagt, vielleicht ist der Seitz deswegen am Zaun gestanden, daß man es erklärt.

Die Rosa ist mit ihrem Kopf in die Höhe und hat gefragt: »Wer war am Zaun?« »Der Seitz mit die grüne Augen«, habe ich gesagt. »Der Lausbub lügt«, hat Tante Theres gerufen. »Ich lüge nicht«, habe ich gesagt, »der Seitz ist immer dort gestanden und hat mit seinem Hut geschwenkt, aber niemand hat auf ihn aufgepaßt; da ist er weg.« Die Rosa hat mich angefahren, warum ich nichts gesagt habe. Weil die Tante geredet hat, und man darf keine ältern Leute nicht unterbrechen, habe ich gesagt. Da haben sie mich giftig angeschaut, und die Tante Theres hat meine Mutter gefragt, ob sie kein Wort findet gegen mich, weil ich schuld bin, wenn der Provisor beleidigt ist. »Es ist wahr, Ludwig«, hat meine Mutter gesagt, »du mußt uns das nächste Mal aufmerksam machen.«

»Das nächste Mal!« hat die Tante geschrien. »Glaubst du vielleicht, daß so ein Mann wie der Herr Seitz sich so etwas gefallen läßt?«

»Der Herr Seitz weiß schon, daß ich ihn nicht beleidigen will«, hat meine Mutter gesagt. »Er ist heute bei uns gewesen, und wir haben uns sehr gut unterhalten.«

»Wer ist bei dir gewesen?« hat die Tante gefragt. »Der Herr Provisor Seitz; er hat einen Besuch bei uns gemacht.« Die Rosa hat ihre Augen aufgerissen und hat die Tante angeschaut. Da habe ich mit Fleiß gesagt, daß mir der Seitz Bärenzucker versprochen hat, weil ich ihm von der Cora erzählt habe.

Die Rosa ist aufgesprungen, daß sie eine Tasse umgeschmissen hat, und sie hat ihre Häkelei in die Samttasche geworfen und hat gesagt, sie bleibt nicht mehr. Und Tante Theres hat auch ihren Strumpf eingepackt, und wie sie fertig war, hat sie zu meiner Mutter gesagt, es ist abscheulich, daß sie noch in ihre alten Tage ein Komplott macht.

»Was für ein Komplott?« hat meine Mutter gefragt, und sie ist ganz erstaunt gewesen. Aber die Tante Theres hat gesagt, sie soll um Gottes willen sich nicht so unschuldig stellen, und sie wird noch sehen, ob sie einen Dank hat von der Indianerin. Dann sind sie gegangen. Die Cora ist gerade gekommen mit einer Decke, wo sie öfter stickt. Aber sie sind an ihr vorbei und haben getan, als wenn sie nichts sehen. Cora hat gefragt, was geschehen ist. »Ich weiß es nicht«, hat meine Mutter gesagt. »Weißt du es, Elis?« Die Tante ist aufgestanden und hat gesagt: »Man sieht verschiedenes und sagt nichts, und man kann vieles sagen, aber man schweigt doch lieber.«

Sie hat den Onkel Pepi gewinkt, daß er mitgehen muß, und er hat seine Tabakdose eingepackt und ist hinter der Tante gegangen. Wie sie nicht hingeschaut hat, da hat er den Kopf umgedreht, aber sie hat es gesehen, und er hat vorangehen müssen.

Meine Mutter ist auf ihrem Stuhl gesessen und hat den Kopf geschüttelt.

Sie hat nicht gewußt, was die Tanten haben. Aber ich weiß es, und sie ärgern sich, weil der Seitz seine Augen nicht so weit heraushängt, wenn er bloß die Rosa sieht.

Sündenlust und frommer Eifer

Tugendwächter, aufgepaßt!

Warum schimpfen Sie, Herr Lizentiate,
Über die Unmoral in der Kemenate?
Warum erheben Sie ein solches Geheule,
Sie gnadentriefende Schöpsenkeule?

Aus: An die Sittlichkeitsprediger in Köln am Rheine

Kein Laster ist so widerwärtig wie die Tugend,
    die sich selbst entblößt.

Aus: Moral

◆◆◆◆◆◆◆◆◆◆◆◆◆◆◆◆◆◆◆◆◆◆◆◆◆◆◆◆◆◆◆◆◆◆◆◆◆◆

Jozef Filsers Betrachtungen über Religion und Kunst

BOLIDISCHE GEDANGEN

zu babier gebrachd fon mier selbs, Jozef Filser, keniglicher Abgeorneter und barlamendarrischer Fertretter des *Wallgreis Mingharting* und forgelehgt dem hochwierningen Hern Domgabidular *Dobias Angerer* in Zillhofen zur Briefung.

ÜBER DIE RÄHLIGION

Die Rähligion ist das, wo der Mentsch had, das er sich fom Thürreich underscheiden kahn.

Es giebt ferschidene Rähligionen, wo mahn aber plos lachen muhs, indem es keine Rähligionen nichd sind, sontern käzerisch.

Zun beischpiel die ludderische. Es giebt auch Tierken, wo einer gleich ein Duzend Weiber haben derf und fieleichd ist disses angenäm, haber eine wollistige Gemeinheid, indem ins die richdige Rähligion plos eine ferlaubt und was oft schon genuhg ist.

Es giebt auch Juhden.

Die meischten dafon sind Hobfenhendler, und mus der kristliche Ögonohm ser obacht gehben, damit das er nichd beschiesen wird, sontern fieleichd umgekert, haber sie sind ser schlauh und haben eine feundliche Rähligon.

Es giebt auch Heuden.

Sie sind meischtens schwartz und laufen nakert herum und haben plos eine Schierze da wo mier Kristen die Hosenthiere haben. Sie sind so fräch, das sie nicht an Goth klauben und bein Oktoberfest kahn mahn sie oft sehgen, wo der Eintriet 10 Pfänig kost. Sie hubfen herum und sind ieberhaupts ganz thum.

Disses sind die andern Rähligionen, wo aber keine wierklichen sind sontern plos so ausschauhen.

Es giebt plos eine Rähligion die wo was gielt, das man damit in das Hiemelreuch gelangt, bald mahn sie besiezt. Disses ist die kadollische Rähligon.

Es giebt schwahche und schtarke Kadolliken.

Die schwahchen Kadolliken kohmen durch die Unifersatet, wo die brofesser leuder gans fräch und unferschembt sein dierfen, indem sie biecher schreihben, wo es zum beischpiel heußt, das der Mentsch vom Ahfen abschtamt.

Gozeidank, das der Ögonohm disses nicht bekreift, indem mir es durch Erfarrung wiesen, das die Ku ein Kaibl krigt, und der Mentsch einen Mentsch, haber kein Ahfe nichd einen Mentsch.

Und indem mier es wiesen, das ins Goth selbs ferfertigt hat nach sein Ebenbield, wo man zwahr oft nichd Klauben wiel, bald einer besofen ist, haber es ist doch akerat so.

Die schwahchen Kadoliken giebt es plos in der Schtadt und bald einer auf dem Land forkohmt ist es eine Ausnam oder ein Schuhllerer. Sie aboniehren auch auf eine lieberahle Zeidung, womit mahn sie erkehnt und sie wehlen auch einen lieberahlen. Frieher waren sie auch Bauerbiendler haber durch die Hallmacht Gothes sind sie ferschwunden und plos mer beim Dokter Heim. Jez wehlen sie einen lieberahlen, und auch wehlen sie einen Sotsi. bald einer fiel Gehld hat und kein Gescheft, wo er aufbassen muhs auf die Kuntschaft der Geischlichkeid, ist er liberahl, bald einer kein Gehld had ist er ein Sotsi.

Die Abodäger sind lieberahl. Die Maurer sind Sotsi. bei die birbrauer und Gaschtwierte ist es ferschiden; die Waxziehger sind schtarke Kadolliken wengen die Kirzen, wo die Geischtlichkeit kauft.

Die schwahchen Kadolliken klauben nichz oder nichd fiel und thun plos so. Zum Beischpiel die Beahmten. Sie gengen zwahr schon in die Kierche, aber plos weil sie miessen indem jez die Regirung ein auhge auf ienen hat und auch die Minisder so thun. Frieher sind die Beahmten lauter Freimauhrer gewest, indem disses erlaupt wahr und sie haben ier Mäu aufgeriesen gengen die Härschaft der Kierche und fieleicht hat mahn gelacht ieber die thumen Ögonohmen wo iere Rohsengränz betten und wahren gans aufriererisch gengen den heuligen Babst, indem es der Bißmarsch befolen hat, das sie rebällisch sein miessen, haber jez bfeift der Wiend aus einen andern Loch und die Ambsrichter kaufen Rohsengränz. haber sie kehnen nichd einmahl einen Faderunser betten und schtehen forn in der Kierche, damit das sie der Her Bfahrer siecht, den bald er sie nicht bemergt und es inser bresadent Orderer erfarrt, krigen sie ein schlächtes Zeignis.

Sie gehorchen zwahr, haber sie knuhren und bald mahn sie nicht mer an der Kedden had, mechten sie schohn wider beußen, haber mier lasen sie nichd mer los.

Frieher da ist kein bezirgsambtman mit der Fronleuchnahmsbrozäson gangen, sontern er had beim Fenster hinuntergeschaugt und fieleicht er hat eine Ziehgare grauchd und hat gelöcheld ieber das Folk wo so antechtig ist, haber jez get er schohn mit neben dem Hiemel und hat seinen Schiefhud und einen Sabel dabei und macht eine frohme Fozzen wie der Mesmer oder ein Minischdrand und muhs ieber seine briehlen schiegeln und gans demiedig sein, wie mier auch.

Disses is ganz recht. Den bald ich einen Mahn zale mus er

ahles thun was ich wiel und er darf schon knuhren haber plos heumlich.

Disses ist ein Driumbf der kadollischen Kierche, das die Groskobfetten wo auf der Unifersatet fielleicht gelehrnt hawen, das der Mentsch ein Ahfe ist, disses fergehsen missen und nicht sahgen dierfen, sontern sie missen Rohsengränz betten und mit der Brozässon gehen.

Aber sie sind plos schwahche Kadolliken.

Der Ögonohm ist Gozeidank ein schtarker Kadollik, indem er ahles klaubt und einen Zendrumbsmahn wehlt. Mir wiesen, das die Geischlichkeit insere koschtbaren Sählen regihrt und in iere mitterliche Bflege niemt, damit das sie zu Hiemel farren.

Disses ist eine glohreiche Kunzt, und ser schwehr.

Zu der weldlichen Obrikeid had kein Mentsch kein Ferdrauen, indem sie ins einschbert oder inser Gehld niemt, bald man so thum ist und ier fertraud, das mahn fieleichd was begangen had. Aber die geischliche Obrikeit ferzeit ins und giebt ins plos einen Rohsengranz zum betten auf, was aber nichd so schmärzt, indem es nichz kost.

Und bald der Mentsch schterben muhs, last er fieleicht einen Schantarm hohlen oder einen Beziergsambman? Er last einen Bfahrer hohlen, der wo iem hälfen kahn.

Deswengen missen mir auch die Geischlichkeid ähren, und nichd klauben, das sie plos da ist, bald mir sie braugen. Die Bolidik ist ein Kambf von der weldlichen Obrikeid mit der geischtlingen Obrikeid. bald die weldliche Obrikeid Herr wierd, ist es lieberahl, und bald die Geischlichkeit Herr wierd, ist es uldramadan.

Was had der Ögonohm fon der weldlichen Obrikeit? Nichz.

Der Schantarm schreibt ien auf, und der Beziergsambdman schtraft ien und der Ambsrichter schberrt ien ein und der Rentambman hohlt die Schteiern.

blos bei dissen Bescheftigungen schteigen sie zum Folke herunder, sonzt siecht man sie das gantse Jar nichd und bald der Ögonohm fielleichd einmahl etwas haben mechte, dan ferschwienden sie und hören nichd mer.

Die weldliche Obrikeid ist plos da, das sie was zum ferbieten had oder zum schtrafen. Die weldliche Obrikeit had an jäder Hand dausend Finger bald sie was nähmen kahn, haber sie had eine Fausd und keine Finger bald sie was hergehben sohl.

Die geischlinge Obrikeid ist da fon der Wiehge bis zun Grahbe.

Jäder waise Mahn schaugt, das er mit dissen Mentschen freindlich ist, wo bei iem wohnen und wo er was dafon had.

Der bezirgsambdman ist nicht bei ins, und der Minisder auch nichd, haber der Bfahrer ist bei ins und retet insere unschterbliche Sähle, bald mier seine Freindschaft erhalden, indem das mier beim Zendrum sind.

Auch ist es ser beinlich, bald man sich rebällisch beniemt, indem der hochwierninge Her Bfahrer die Familli behärscht und durch die Schtimme des Weihbes zu ins schpricht und disses schpürt man ser, und hat kein Ru.

Die weltliche Obrikeid derf aber disses sich nicht unternähmen, indem es sonzt ein Gewiesenszwang ist und in der Zeidung schteht.

Sontern disses ist ein Vohrrecht fon inserner heuligen Rähligion, indem sie ieberahl hinein kohmt.

Wen der Mentsch angenähm leben wiel und keinen Schtreit haben, und keine Zerwierfnisse mit seine Nachbahrn muhs er seine Bflichd gengen die Kierche erfühlen, und wan der Mentsch eine schene Leich haben wiel, muhs er es auch.

Es hilft aber nichz, das man seine Rähligon plos im Geheumen had, sontern man muhs sie zum erkehnen geben, weil disses eine Forschrifd ist und sonzt der Her Bfahrer nicht daran klaubt. Darum missen mir inserne Rähligon beweusen.

Es gelangt nichd, das man plos in die Kierche get, den dahinein gehen fiele und auch die schwahchen Kadolliken und Schuhlerer.

Und mahn weis ja nichd, ob es einen freit, wen mahn darin ist.

Sontern bald einer seine Rähligion libt und bald einer seinen Bfahrer libt, muhs er den Zendrumsmahn wehlen.

Disses ist ein Beweus, was einer dengt.

die fornemsten Einrichdungen der kadollischen Kierche sind der Beichdzeddl und der Schtiemzeddl.

Plos durch disse Zeddel kan mahn die Reunlichkeid der Sähle bezeigen und die Schterke seiner Rähligon. Amen.

ÜBER DIE KUNZT

Indem das Minchen eine Kunztschtadt ist haben mier oft im barlamend die Forlahge gehabt, was eine Kunzt ist hoder was keine Kunzt nicht ist.

Die Mahlerei ist schohn eine Kunzt, haber plos bis zun Nahbl. Untern Nahbl ist es eine Sauerei, indem es dohrt geschlächtlich ist. Der biderne Ögonohm schämt sich bereiz im Hämd, wodurch mir ins in der Unterhohsen ins Bett lehgen.

Und bald ich meine kristgadollische Ehefrau anschauge ist es mir fiel liber bald sie mer anhat als wie wehniger, hobwol es beim ferheirateden Zuschtand keine Unkeischheid nichd gibt sontern es ist gesezlich.

haber man kahn sein Schamgefiehl nichd einmahl bei der Ehe unterdriken, sondern man drahd sich um, bald man heraus muhs. Disses ist eingewurtselt und in der Nadur forhanden. Dic Mahler haben kein Schamgefül nichd, sontern sie mahlen die Weibsbielder gans nakert wie die Kü auf der Wihsen. Indem mahn in Minchen auf der Schtrase get und dengt an nichz schtet mahn auf einmahl for einem Fensder wo disse liderlingen Geschäbfe aufgemahlen sind und häben die Hend in die Höh und schtreken iere ferbotenen Kerperdeil hinaus. Disses ist ser schedlich.

Es kohmt auf dem lahnde for, das die Weibsbilder nichd forsichtig siend, bald sie zum beischpil auf eine Leihter schteigen, haber da bfeift der Ögonohm und sie ferstehen disses Signahl und halden die Rök zu. haber for dissen Fensder hilft es nichz, bald man bfeift und muhs man dissen Anbliek aushalden.

Einmahl bin ich in der biehnakertäg gewehsen. Disses ist eine Anschtalt fier alte Bielder zum aufheben, haber bfui Deifel!

Ich habe den Minisder Wähner gefrahgt, ob disses mit seiner Erlauhbnis sich begiebt und er had gesahgt, ich sohl um Gothes wielen im Barlamend keine Rehde dafon machen sonzt ist es eine Blamaschi, indem disse bielder beriehmde Kunztwerge siend.

Ich habe nichz gesahgd, indem auch der Bresadent Orderer zu mier gekohmen ist und mier ferbotten hat, das ich keinen Schbetakel darieber mache, haber ich habe gedängt, fier was missen mir neie bielder ferabscheien, bald die alden noch schlächter sind?

In Mingharting ist es forgekohmen das eine Schtahlmagd ieber den Zaun ist geschtiegen und ist der Rok hengen bliben, das man ferschidenes bemergt had, wo sonzt nichd zum bemergen ist. Die lädigen Purschen haben gelacht, haber die ferheirathen Mähner haben weg geschaugt.

In der bienakertäg sind fiele solchne bielder, aber kein Mentsch schaugt weg, sontern sogahr die Weibsbielder bleiben dafor schtehen und halden sich briehlen for die Augen, das sie es gans genau sehgen. Ein brofesser had zu mier gesagt in der Kunzt macht es nichz. Disses kahn ich nichd klauben. Fier was ist es unkeisch bald es ein wierkliches Fleusch ist? Und fier was ist es schöhn, bald es ein gemahlenes Fleusch ist?

Disses ist selzam. Indem ich klaube, das es mit der Öhlfarb keinen Unterschid machd.

Was ich zudehke, lahse ich von mier nichd mahlen, und lehge mich mit der Unterhohsen ins bedd.

Disses ist mein kristlicher Schtandbunkt.

Jozef Filsers Faschingskehraus

An Hern Bechler Gorbinian
Bosthalder in
Mingharting Bosd daselbst

Liber Freind

Ich schreibe Dirs mit häfdigen Gobfweh und ich habe schon zwei Bulfer gefrässen, aber leider es ferget nichd, sondern es schticht, als wen mir einer Dratstefden in den Gobf schlagt.

Liber Freind, du bisd schuld, das es mir jetz zum Schbeiben schlächt is, den wegen dir habe ich inser Abendeier fortgesäzt, das wo mir im Kindlkäller gefunden ham.

Liber Freind, ich mus es dir erzehlen, das die Baronässin, wo so fiel Schambus drunken had und wo du gans weg gwesen bist, keine Baronässin nichd is, sondern sie is der abscheilingste Schlamben fon Gising bei Minchen.

Weil Du gesagd hast, ich mus es heraus bringen, bin ich nochmal auf die Redutt gangen, das ich ir fieleichd einen schenen Grus sagn derf fon insern bosdhalter und obs sie in ficleichd nichd fergesen had.

Ich hab sie auch gleuch getropfen, und si war wider als babi da mit einen Schnuler umghängt und hat gleich gfragt, ob der Wampete nicht komd und das bist du, liber Freind. Ich hab gesagd, er kombd nicht aber er last sie griesen und da hat sie gsagd, es macht nix und ich sol ir Schambus zaln und ich hab ir auch einen gezalt und noch mehrer.

Si is gans lübreich gwest zu mier und nach der driten

Flasch is si auf meinen Schoß gesätzt und hat mich abgeschleggt und iberhaupts is si noch zertlinger gwest als wi bei dir liber Freind und wen ich gesagd hab, obs an dich denkn thud, hat sie gesagd, du bist blos ein gscherder Rahmel und si will blos von mier was wiesen. Liber Freind, ich mus es Dir schreim weils war is.

Nach der fimbften Flaschen hat sie gsagd, mir wolen gen, und ich war auch besopfen und hab gefragd, ob mir fileichd heim gen, aber sie hat gesagd, nein, weil ier Gemall ein Baron is, der wo eifersichdig is und fileicht schüßt, aber mir gen noch wohin, da wo mir Weiswierscht äsen. Das ist mier auch liber gewest, als wen ier Gemall einen Schbedaggl machd.

Und mir sind zu die Weiswierscht, aber liber Freind, ich weis es nichd mer, wo es gewesen is und mir sind umadumm gangen bis mir hinkomen sind und es war eine gans träkige Wirdschafd, da wo mir hinein sind.

Liber Schbezl, jetz baß auf, wie es mir da gangen ist und was es fier lumpen gibt in der Schtadt herin, wo mir keine Anung nichd ham.

Die Wirtschafd war noch foller Leid und mir sind an einen disch, wo anderne gesätzen sind und es warren bekante von ier und si hat gesagd ich bin ier Breidigam. Jessesmarandjosebf, wenn es fieleicht meine Alde wiesen tät, das ich der Breidigam gewest bin von einer solchenen Schlamben! Di andern ham mir kradalierd, was ich fir ein Glick hab und ich hab missen Bier zaln und Ale ham angstößen und einer hat gfragd, was ich bin und ich habs pfeigrad gsagt, das ich in Barlamend siez und da hams Egslengs zu mir gsagt und sin gans häflich gwesn. Und da ham mir Ale weißwierscht gäsen und ich bin ser fidöll worn und hab gsungen, un wen ich färdig war, hams ale gsagt, der egslengs mus noch einen außerlasen und ich hab einen außerlasen.

Liber Freind, jetz baß auf!

Der Schlamben, wo du klaubst, das sie eine baronässin war, is gans zerling worn, das ich schir nimer schnaubfen hab kinnen, so hazie mich trukt und puselt und is mit iren Pläker in mein Gsiecht umeinandgfarren und die andern ham gschrien, schaugs nur krad die baronnin an mit ieren egslengs.

Aber jetzt hab ich gen wolen, aber es war kein Gäldbeidel nichd mer forhanden, sondern er war vort und ich hab geschrien hilfe, mein Gäld is gestolln. Liber Schpezl, jetz baß auf, wis mir gangen is. Sie ham mich bei där Kurgel gebakt und Einer schreid gleich du gscherds Dach, du henglender Du lufdgselchder, ham fileichd mir dein Gäld?

Ich ruhfe um Hülf und bollizei und Schantarmeri, aber die Baronäsin haud mir den Sänfkiebel auf di Fozen und ein anderner schlagd mir ein Bar wadschen hinein und ein anderner bakt mich bei di har und steßt meinen Gobf auf den Disch und ein Anderner schlagd mich auf die Nasse, das ich blüten hab missen und der Wird machd die Thier auf.

Da hams mich hinausgeschmiesen und einen Dritt geben als wen ich ein handwergspursch bin aber kein Abgeorneter und mitglid im Barlamend.

Liber Freind, jetz bin ich auf der Strase gesäzen und hab nichd gewißd wo ich bin und hundert simmazwanzg March warn ferlorn und fierundsechzig waren schon fersopfen. Ich bin lang gangen, bis ich ein Schantarm gesähen hab und er hat mich gesähen und hat gefragtd wer ich fileichd bin.

Ich hab im gesagd, das ich im Barlamend bin, aper er had gelacht und had mich auf di Schtazion genohmen, da habens mich gewaschn und jetz habens mich erkent als Abgeorneter.

Ich hab aber nichds gesagd, was mir bassirt is, das es meine Alde nichd erfart.

Liber Freind, jetz weisd du es, was ich fier dich gelidden habe wegen deiner baronässin, wo dir so gfalen hat.

Ich geh aber nichd mer auf die Rehdutt, sondern ich arbeit nur mer im Barlamend.

Und ich bin jetz im Ferein gegen Unsiddlichkeid eintretten, weil ich di abscheilingen Auswükse der Grosschtadt kene und ich weis jetz, was fier eine Ferworfpenheid im Volk härscht, wan es keine Mohral und Räligon nichd mer hat.

Jetz heist es nicht mehr, mein Geisd ist schtark, aber mein Fleusch ist schwach, sondern ich geh auf keine Rehdutt nicht mer. liber Schbezl, fiere mich nichd mer in fersuchung, den ich will nichd mer gengen das heilinge Saggeramend der Ehe siendigen und mich nichd mehr mishandeln lasen. Das musd du wiesen von deinen

liben Freind

Jozef Filser

Halz Mäu und sag es keinen Menschen nichd, sonzt sag ich es auch von dier.

Der Kindlein

Unser Religionslehrer heißt Falkenberg.

Er ist klein und dick und hat eine goldene Brille auf.

Wenn er was Heiliges redet, zwickt er die Augen zu und macht seinen Mund spitzig.

Er faltet immer die Hände und ist recht sanft und sagt zu uns: »ihr Kindlein«.

Deswegen haben wir ihn den Kindlein geheißen.

Er ist aber gar nicht so sanft. Wenn man ihn ärgert, macht er grüne Augen wie eine Katze und sperrt einen viel länger ein, wie unser Klaßprofessor.

Der schimpft einen furchtbar und sagt »mistiger Lausbub«, und zu mir hat er einmal gesagt, er haut das größte Loch in die Wand mit meinem Kopf.

Meinen Vater hat er gut gekannt, weil er im Gebirg war und einmal mit ihm auf die Jagd gehen durfte. Ich glaube, er kann mich deswegen gut leiden und läßt es sich bloß nicht merken.

Wie mich der Merkl verschuftet hat, daß ich ihm eine hineingehaut habe, hat er mir zwei Stunden Arrest gegeben. Aber wie alle fort waren, ist er auf einmal in das Zimmer gekommen und hat zu mir gesagt: »Mach daß du heimkommst, du Lauskerl, du grober! Sonst wird die Supp' kalt.«

Er heißt Gruber.

Aber der Falkenberg schimpft gar nicht.

Ich habe ihm einmal seinen Rock von hinten mit Kreide angeschmiert.

Da haben alle gelacht, und er hat gefragt: »Warum lacht ihr, Kindlein?«

Es hat aber keiner etwas gesagt; da ist er zum Merkl hingegangen und hat gesagt: »Du bist ein gottesfürchtiger Knabe, und ich glaube, daß du die Lüge verabscheust. Sprich offen, was hat es gegeben?«

Und der Merkl hat ihm gezeigt, daß er voll Kreide hinten ist und daß ich es war.

Der Falkenberg ist ganz weiß geworden im Gesicht und ist schnell auf mich hergegangen. Ich habe gemeint, jetzt krieg' ich eine hinein, aber er hat sich vor mich hingestellt und hat die Augen zugezwickt.

Dann hat er gesagt: »Armer Verlorener! Ich habe immer Nachsicht gegen dich geübt, aber ein räudiges Schaf darf nicht die ganze Herde anstecken.«

Er ist zum Rektor gegangen, und ich habe sechs Stunden Karzer gekriegt. Der Pedell hat gesagt, ich wäre dimittiert geworden, wenn mir nicht der Gruber so geholfen hätte. Der Falkenberg hat darauf bestanden, daß ich dimittiert werde, weil ich das Priesterkleid beschmutzt habe. Aber der Gruber hat gesagt, es ist bloß Übermut, und er will meiner Mutter schreiben, ob er mir nicht ein paar herunterhauen darf. Dann haben ihm die andern recht gegeben, und der Falkenberg war voll Zorn.

Er hat es sich nicht ankennen lassen, sondern er hat das nächstemal in der Klasse zu mir gesagt: »Du hast gesündigt, aber es ist dir verziehen. Vielleicht wird dich Gott in seiner unbeschreiblichen Güte auf den rechten Weg führen.«

Die sechs Stunden habe ich brummen müssen, und der Falkenberg hat mich nicht mehr aufgerufen; er ist immer an mir vorbeigegangen und hat getan, als wenn er mich nicht sieht.

Den Fritz hat er auch nicht leiden können, weil er mein bester Freund ist und immer lacht, wenn er »Kindlein« sagt.

Er hat ihn schon zweimal deswegen eingesperrt, und da haben wir gesagt, wir müssen dem Kindlein etwas antun. Der Fritz hat gemeint, wir müssen ihm einen Pulverfrosch in den Katheder legen; aber das geht nicht, weil man es sieht. Dann haben wir ihm Schusterpech auf den Sessel geschmiert. Er hat sich aber die ganze Stunde nicht daraufgesetzt, und dann ist der Schreiblehrer Bogner gekommen und ist hängengeblieben.

Das war auch recht, aber für den Kindlein hätte es mich besser gefreut.

Der Fritz wohnt bei dem Malermeister Burkhard und hat ihm eine grüne Ölfarbe genommen, wie der Katheder ist. Die haben wir vor der Religionsstunde geschwind hingestrichen, wo er den Arm auflegt.

Da hat es auf einmal geheißen, der Falkenberg ist krank und wir haben Geographie dafür. Da ist der Professor Ulrich eingegangen, weil er voll Farbe geworden ist, und er hat den Pedell furchtbar geschimpft, daß er nichts hinschreibt, wenn frisch gestrichen ist.

Der Kindlein ist uns immer ausgekommen, aber wir haben nicht ausgelassen.

Einmal ist er in die Klasse gekommen mit dem Rektor und hat sich auf den Katheder gestellt. Dann hat er gesagt: »Kindlein, freuet euch! Ich habe eine herrliche Botschaft für euch. Ich habe lange gespart, und jetzt habe ich für unsere geliebte Studienkirche die Statue des heiligen Aloysius gekauft, weil er das Vorbild der studierenden Jugend ist. Er wird von dem Postament zu euch hinunterschauen und ihr werdet zu ihm hinaufschauen. Das wird euch stärken.«

Dann hat der Rektor gesagt, daß es unbeschreiblich schön ist von dem Falkenberg, daß er die Statue gekauft hat, und daß unser Gymnasium sich freuen muß. Am Samstag kommt der Heilige, und wir müssen ihn abholen, wo die Stadt anfangt, und am Sonntag ist die Enthüllungsfeier.

Da sind sie hinausgegangen und haben es in den anderen Klaßzimmer gesagt. Und ich und der Fritz sind miteinander heimgegangen.

Da hat der Fritz gesagt, daß der Kindlein es mit Fleiß getan hat, daß wir den Aloysius am Samstagnachmittag holen müssen, weil er uns nicht gönnt, daß wir frei haben. Ich habe auch geschimpft und habe gesagt, ich möchte, daß der Wagen umschmeißt.

Dem Fritz sein Hausherr hat es schon gewußt, weil es in der Zeitung gestanden ist.

Er kann uns gut leiden und redet oft mit uns und schenkt uns eine Zigarre.

Auf den Falkenberg hat er einen Zorn, weil er glaubt, daß sein Pepi wegen dem Falkenberg die Prüfung in die Lateinschule nicht bestanden hat. Ich glaube aber, daß der Pepi zu dumm ist.

Der Hausherr hat gelacht, daß so viel in der Zeitung gestanden ist von dem Heiligen. Er hat gesagt, daß er von Gips ist und daß er ihn nicht geschenkt möchte. Er ist von Mühldorf. Da ist er schon lang gestanden, und niemand hat ihn mögen. Vielleicht hat ihn der Steinmetz hergeschenkt, aber der Falkenberg macht sich schön damit und tut, als wenn er viel gekostet hat. Das ist ein scheinheiliger Tropf, hat der Hausherr gesagt, und wir haben auch geschimpft über den Kindlein.

Dann ist der Samstag gekommen. Das ganze Gymnasium ist aufgestellt worden, und dann haben wir durch die Stadt gehen müssen. Vorne ist der Rektor mit dem Falkenberg gegangen, und dann sind die Professoren gekommen. Der Gruber war nicht dabei, weil er Protestant ist. Oben auf dem Berg ist ein Wirtshaus, wo die Straße von Mühldorf herkommt. Da haben wir gehalten und haben gewartet. Eine halbe Stunde haben wir stehen müssen, bis der Pedell daher gelaufen ist und hat geschrien: »Jetzt bringen sie ihn.«

Da ist ein Leiterwagen gekommen, da war eine große Kiste darauf.

Der Falkenberg ist hingegangen und hat den Fuhrmann gefragt, ob er von Mühldorf ist und den heiligen Aloysius dabei hat. Der Fuhrmann hat gesagt ja, und er hat einen in der Kiste. Da hat sich der Kindlein geärgert, daß der Wagen so schlecht aussieht und keine Tannenbäume darauf sind.

Aber der Fuhrmann hat gesagt, das geht ihn nichts an, er tat bloß, was ihm sein Herr anschafft.

Da haben wir hinter dem Wagen hergehen müssen, und die Glocken von der Studienkirche haben geläutet, bis wir dort waren.

Vor der Kirche hat der Fuhrmann gehalten, und er hat die Kiste heruntertun wollen.

Aber der Falkenberg hat ihn nicht lassen. Die vier Größten von der Oberklasse mußten sie heruntertun und in die Sakristei tragen. Das war der Pointner und der Reichenberger, die andern zwei habe ich nicht gekannt.

Wir haben gehen dürfen, und das Läuten hat aufgehört. Bloß die vier Oberklaßler mußten dabei sein, wie der Heilige aufgestellt wurde; die anderen nicht, weil erst morgen die Einweihung war. Wir haben aber gewußt, wo er hingestellt wird. Bei dem dritten Fenster, weil dort das Postament war und Blumen herum.

Der Fritz und ich sind heimgegangen; zuerst war der Friedmann Karl dabei. Da hat der Fritz gesagt, er muß noch viel büffeln auf den Montag, weil er die dritte Konjugation noch nicht gelernt hat.

»Die haben wir ja gar nicht auf«, hat der Friedmann gesagt.

»Freilich haben wir sie aufgekriegt. Der Gruber hat es ganz deutlich gesagt«, hat der Fritz gesagt. Da ist dem Friedmann angst geworden, weil er immer furchtsam ist, und er ist der Erste.

Er ist gleich von uns weggelaufen, und der Fritz hat zu mir gesagt: »Jetzt haben wir unsere Ruhe vor ihm.«

Ich fragte, warum er ihn fortgeschickt hat, aber der Fritz wartete, bis niemand in der Nähe war. Dann sagte er, daß er jetzt weiß, wie wir den Kindlein darankriegen, und daß wir auf den Aloysius einen Stein hineinschmeißen.

Ich glaubte zuerst, er macht Spaß, aber es war ihm Ernst, und er sagte, daß er es allein tut, wenn ich nicht mithelfe.

Da habe ich versprochen, daß ich mittue, aber ich habe mich gefürchtet, denn wenn es aufkommt, ist alles hin.

Aber der Fritz hat gesagt, dann muß man es so machen, daß kein Mensch nichts merkt, und so eine Gelegenheit kriegen wir nicht mehr, daß wir dem Kindlein etwas antun, was er sich merkt.

Wir haben ausgemacht, daß wir uns um acht Uhr bei den zwei Kastanien an der Salzach treffen. Ich habe daheim gesagt, daß ich mit dem Fritz die dritte Konjugation lernen muß, und bin gleich nach dem Abendessen fort.

Es war schon dunkel, wie ich an die Kastanien hinkam, und ich war froh, daß mir niemand begegnet ist.

Der Fritz war schon da, und wir haben noch gewartet, bis es ganz dunkel war. Dann sind wir neben der Salzach gegangen; einmal haben wir Schritte gehört. Da sind wir hinter einen Busch gestanden und haben uns versteckt.

Es war der Notar; der geht immer spazieren und macht ein Gedicht in das Wochenblatt.

Er hat nichts gemerkt, und wir sind erst wieder vorgegangen, wie er schon weit weg war.

Das Gymnasium und die Studienkirche sind am Ende von der Stadt; es ist kein Mensch hinten, wenn es dunkel ist. Bloß der Pedell, aber er ist auch nicht hinten, sondern beim Sternbräu.

Wir sind hingekommen, und jeder hat einen Stein genommen.

Wir haben die Fenster noch gesehen. Das dritte war es. Der Fritz sagte zu mir: »Du mußt gut rechts schmeißen; wenn es an die Wand hingeht, prallt es schon hinein. Und du mußt halb so hoch schmeißen, wie das Fenster ist; ich probiere es höher, dann erwischt ihn schon einer.« »Es ist schon recht«, sagte ich, und dann haben wir geschmissen. Es hat stark gescheppert, und wir haben gewußt, daß wir das Fenster getroffen haben.

Gleich hinter dem Gymnasium sind Haselnußstauden; da haben wir uns versteckt und haben gehorcht.

Es ist ganz still gewesen und der Fritz sagte: »Das ist fein gegangen. Jetzt müssen wir achtgeben, daß uns niemand gehen sieht.«

Wir sind schnell gelaufen, aber wenn wir etwas gehört haben, sind wir stehen geblieben. Es ist uns niemand begegnet, und beim Fritz seinem Hausherrn sind wir hinten über den Gartenzaun gestiegen und ganz still die Stiege hinaufgegangen.

Der Fritz hat sein Licht brennen lassen, daß sie glaubten, er ist daheim. Wir setzten uns an den Tisch und haben uns abgewischt, weil wir so schwitzten.

Auf einmal ist wer über die Treppe gegangen und hat geklopft.

Ich bin zum Fenster hingelaufen, weil ich noch ganz naß war, aber der Fritz hat seinen Kopf in die Hand gelegt und hat getan, als wenn er lernt.

Es war die Magd vom Expeditor Friedmann und sie hat gesagt, einen schönen Gruß vom Friedmann Karl, und er glaubt nicht, daß wir die dritte Konjugation aufhaben, weil er den Raithel gefragt hat und den Kranzler, und keiner hat etwas gewußt.

Der Fritz hat seinen Kopf nicht aufheben mögen, weil er auch so geschwitzt hat. Er hat gesagt, daß er es deutlich gehört hat, und er lernt die dritte Konjugation.

Da ist die Magd gegangen, und wir haben gehört, wie sie drunten zu der Frau Burkhard gesagt hat, daß der Fritz so fleißig lernt und daß es grausam ist, wieviel man in der Schule lernen muß.

Am andern Tag ist Sonntag gewesen, und um acht Uhr war die Kirche und die Feier für den Aloysius.

Aber sie ist nicht gewesen.

Wie ich hingekommen bin, war alles schwarz vor der Türe, so viele Leute sind herumgestanden.

Um den Pedell ist ein großer Kreis gewesen, der Rektor ist daneben gestanden und der Falkenberg auch.

Sie haben geredet und dann haben sie zu dem Fenster hinaufgezeigt. Da waren zwei Löcher darin.

Ich habe den Raithel gefragt, was es gibt.

»Dem Alysios is die Nasen weggehaut«, hat er gesagt.

»Haben s' ihn beim Aufstellen runterfallen lassen?« habe ich gefragt.

»Nein, es sind Steine hineingeflogen«, hat er gesagt.

Der Föckerer und der Friedmann und der Kranzler sind hergekommen. Der Föckerer macht sich immer gescheit, und er hat gesagt, daß er es zuerst gehört hat.

Er ist dabeigewesen, wie der Falkenberg gekommen ist, und der Pedell hat es ihm gezeigt. Da ist ein furchtbarer Spektakel gewesen, denn wie sie die Löcher in dem Fenster gesehen haben, sind sie hineingegangen, und da haben sie gesehen, daß von dem Alysios seinem Kopf die Nase und der Mund weg waren, und unten ist alles voll Gips gewesen, und dann hat man zwei Steiner gefunden. Der Föckerer hat gesagt, wenn es aufkommt, wer es getan hat, glaubt er, daß man ihn köpft.

Der Pedell hat es gesagt. –

Ich habe mich nicht gerührt, und der Fritz auch nicht. Er hat nur zum Friedmann gesagt, daß er jetzt die dritte Konjugation kann.

Ich bin zu den Großen hingegangen, wo die Professoren gestanden sind. Der Pedell hat immer geredet.

Er erzählt alles immer wieder von vorne.

Er hat gesagt, daß er daheim war und nachgedacht hat, ob er vielleicht eine Halbe Bier trinken soll. Auf einmal hat seine Frau gesagt, es hat gescheppert, als wenn eine Fensterscheibe hin ist. Wo soll eine Fensterscheibe hin sein? hat er gefragt. Dann haben sie gehorcht, und er hat die Haustüre aufgemacht. Da ist ihm gewesen, als wenn er einen Schritt hört, und er ist in sein Zimmer und hat sein Gewehr geholt. Dann ist er heraus und hat dreimal »Wer da?« gerufen. Denn beim Militär hat er es so gelernt, wo er doch ein Feldwebel war. Und im Krieg haben sie es so gemacht, da ist immer einer Posten gestanden, und wenn er etwas Verdächtiges gehört hat, hat er »Wer da?« rufen müssen. Es hat sich aber nichts mehr gerührt, und er ist im Hofe dreimal herumgegangen und hat nichts gesehen. Und dann ist er zum Sternbräu gegangen, weil er gedacht hat, daß er eine Halbe Bier trinken muß. Er hat gesagt, wenn er einen gesehen hätte, dann hätte er geschossen, denn wenn einer keine Antwort nicht gibt auf »Wer da«, muß er erschossen werden.

Der Rektor hat ihn gefragt, ob er keinen Verdacht hat.

Da hat der Pedell gesagt, daß er schon einen hat, aber er hat mit den Augen geblinzelt und hat gesagt, daß er es noch nicht sagen darf, weil er ihn sonst nicht erwischt. Wenn nicht gleich so viele Leute herumgestanden wären, hat der Pedell gesagt, dann hätte er ihn vielleicht schon, weil er die Fußspuren gemessen hätte, aber jetzt ist alles verwischt.

Da hat ihn der Rektor gefragt, ob er glaubt, daß er ihn noch kriegt. Da hat der Pedell wieder mit den Augen geblinzelt und hat gesagt, daß er ihn noch erwischt, weil alle Verbrecher zweimal kommen und den Ort anschauen. Und er paßt jetzt die ganze Nacht mit dem Gewehr und schreit bloß einmal »Wer da?« und er schießt gleich.

Der Falkenberg hat gesagt, er will beten, daß der Verbrecher aufkommt, aber heute ist keine Kirche nicht, weil man den Aloysius wegräumen muß, und wir müssen heimgehen und auch beten, daß es offenbar wird. Da sind alle gegangen, aber ich bin noch stehen geblieben mit dem Friedmann und dem Raithel, weil der Pedell zu uns hergegangen ist und alles wieder erzählt hat, daß es schepperte und daß seine Frau es zuerst gehört hat.

Und er sagte, daß er den Verbrecher erwischt, und bevor eine Woche ganz vorüber ist, erschießt er ihn, oder er schießt ihm vielleicht auf die Füße.

Ich bin zum Fritz gegangen und habe es erzählt. Da haben wir furchtbar lachen müssen.

Hernach ist eine große Untersuchung gewesen, und in jeder Klasse ist gefragt worden, ob keiner nichts weiß.

Und der Kindlein hat gesagt, daß er seinen Schülern keinen Aloysius nicht mehr schenkt, bevor es nicht aufgekommen ist, wer es getan hat.

Wir haben jetzt vor der Religionsstunde immer ein Gebet sagen müssen zur Entdeckung eines gräßlichen Frevels.

Es hat aber nichts geholfen, und niemand weiß etwas, bloß ich und der Fritz wissen es.

Bayerns Glanz und
Preußens Gloria

Des Kaisers stolzer Untertan

Ich saß eines Abends in Gesellschaft einiger Künstler bei Lopi in Florenz. Wir dachten an nichts, als sich am nächsten Tische ein Herr erhob und uns begrüßte, indem er zugleich sagte, er sei Deutscher. Diese Mitteilung war überflüssig, denn er trug die Haare glatt gescheitelt, er hatte hervorquellende blaue Augen, und die Vorderzähne standen auseinander.

Nach kurzer Zeit wußten wir alles: daß er in Buckskinhosen reist, beim Träng diente – und daß er seinen Kaiser liebt. *Aus: Die Reden Kaiser Wilhelms II.*

Jozef Filsers Betrachtungen über die Stellung Bayerns zum Ausland

Eigenlich begient das Auslahnd ieber der Dohnau, indem die brofinz Franken kohmt. Aber durch die bolidik begient es weiter drohben beim Main.

Disses heist breißen wo ich nichd wahr und auch nichd hingehe, aber fieles geläsen habe und nichz schenes.

Das Kenigreich Breißen ist ein ahrmes Land und nehren sich fon Kahrdofeln indem sonzt nichz waxt. Durch disses sind die Leite ser begiehrig und wohlen iemer ein Lahnd, wo Gäld forhanden ist und ein guter Fiehschtand und Getreihde. Disses Lahnd heist bayern und ist inser Faderland.

Dadurch wiesen mir, das mier Ohbacht gehben miessen und ist inserne auswertige bolidik, das mir ins nichz nähmen lahsen. Die Breißen sind ser schlauh und kehnen sich gut ferstehlen, haber mir sind auch schlauh und mergen ahles.

Inser Erbfeund ist das Kenigreich Breißen, hobwol mier scheinbahr mit einahnder Freind sind seit dem Jare siebsich, wo mir bayern ienen geholfen hawen.

Schpäter hawen mir leuder die Bickelhaubn eingefiehrt, damid das man ins ferwexeln sohl.

Disses had der Bißmarch gemacht, und auch hat er das deitsche Reich gemacht, damit das mir die Schuhlden zallen, wo die Breißen haben.

Disses ist leuder ser fiel und schpürt man es schtark, indem die Schteiern waxen.

Schpäter haben sie das Waperlgesez gemacht, wodurch

mier ahle Wochen fier die Dienztboden Waperln zallen missen. Disses Gäld wahndert auch nach Breißen.

Mir selbs haben noch keins dafon gesehgen, und mir sehgen es auch nie mer, indem die Breißen nichz hergehben, was sie krigen.

Es kohmen iemer mer Breißen zu ins. Sie kohmen scheinbar, als wen sie was lehrnen wohlen bei ins oder zum Fergniegen. Haber mir miessen Ohbacht gehben, das sie nichd dableihben.

Die bflichd der bayrischen barlamendarier ist es, das sie den Minisdern disse schleuchende Gefar beweisen und bald wider einer kohmt, mus mahn Schpetakel machen.

Den disses ist leicht zum bekreifen, das wo mahn plos Kahrdofel hat, wiel man was andernes. Sie fersuchen es, indem sie ins schmeigeln, damit das mir zutrauhlich werden, haber wen der bayrische Löhwe seine Zehne bleckt und zum Knuhren anfangt, ziehgen si geschwiend die hende weg, womit sie ien gestreigelt haben. Im forigen Jar haben sie es brobiert, das mir die gleichen Brifmargen haben sohlen als wie sie haben. bald mir disses nichd geschbannt häten, wäre wider ein Unterschid ferschwunden und sie häten noch mer Gäld fon ins genohmen. Aber mir haben es geschpant und sind nicht so thum und auch die Eusenban gehben mir ienen nichd.

Mir missen ser forsiechtig sein und disses ist nicht schwer, weil mahn die Breißen gleich kehnt. Sie rehden ser schnehl mit einer Schprache, wo kein Mentsch ferstet und bald sie ins nachmachen wohlen, mus mahn plos lachen.

Ieberhaupts sind die breißen keine angenämen Mentschen nichd, indem sie klauben, das sie fierchterlich gescheid sind.

Bald mahn einen Breißen hört, had er die ganse Fozzen fohl lauder Wohrte und schbeibt sie auf einmahl aus wie Zweschgenkern und es get nichd nacheinahnder, sontern ahles auf einmahl. Es bräsiert fier einen Jäden, das er ahles sagt, indem wen noch ein Breiße dabei ist, disser plos wahrtet, das seinen Lanzmahn die Lufd ausget, das er darahn kohmt und dan lahst er nichd mer aus, sontern schbeibt auch seine Wohrte hin, das sie burtselbeim schlahgen.

Jäder had jez einen Schnuhrbahrt das er sich bereiz die Augen ausschticht, indem seine Auhgen aus dem Kobf hengen und Bazelauhgen sind.

Iere Köbf sind geschwohlen und disses kohmt fon lauder Kahrdofelesen.

Disses ist war, indem ich es weiß, dadurch das so fiele Breißen in Minchen sich befindlich sind.

Die brofesser auf der Unifersaet sind meischtens Breißen und muhs disses Unglick abgeschaft werden.

Die Breißen sind auch ludderische. Wodurch mahn ahles weis und nichz mer zum sahgen ist.

Die lieberahlen sind eine breißische Erfiendung und schtet auch iemer in die lieberahlen Zeidungen, das mir eihnig sind.

Disses ist ein Schwiendel, indem breißen inser Erbfeund ist und sie bassen auf, hob sie ins nichd ferschlingen kehnen. Aber der bayrische Löhwe schtet auf der Wacht und lahst sich fon keinem Raubfogel nichd ferschluggen, bald er auch sein Mäu noch so weiht aufreisen kahn. Disses mus mahn sich mergen. Disses hawe ich ersohnen und zum Babier gebracht und jez sahge ich lebe woll.

Ich mus es beschlüssen, indem ich nichz mer weis.

fon

Jozef Filser
kenigl. Abgeorneter
in Ruheschtand.

 ◆◆◆◆◆◆◆◆◆◆◆◆◆◆◆◆◆◆◆◆◆◆◆◆◆◆◆◆◆◆◆◆◆◆◆◆

Auf der Elektrischen

In München. Der schwere Wagen poltert auf den Schienen; beim Anhalten gibt es einen Ruck, daß die stehenden Passagiere durcheinander gerüttelt werden.

Ein Schaffner ruft die Station aus.

»Müliansplatz!«

Heißt eigentlich Maximiliansplatz.

Aber der Schaffner hat Schmalzler geschnupft und kann die langen Namen nicht leiden.

Ein Student steigt auf. Er trägt eine farbige Mütze, und der Schaffner salutiert militärisch.

Er weiß: das zieht bei den Grünschnäbeln. Sie bilden sich darauf was ein.

Und wenn sich Grünschnäbel geschmeichelt fühlen, geben sie Trinkgelder.

Er ist Menschenkenner und hat sich nicht getäuscht.

Der junge Herr mit der großen Lausallee gibt fünf Pfennige.

Er sieht dabei den Schaffner nicht an; er sieht gleichgültig ins Leere; er zeigt, daß er dem Geschenke keine Bedeutung beimißt. Der Schaffner salutiert wieder.

Wumm! Prr!

Der Wagen hält.

»Deonsplatz!« schreit der Schaffner.

Heißt eigentlich Odeonsplatz.

Eine Frau, die ein großes Federbett trägt, schiebt sich in den Wagen. Ein Sitzplatz ist noch frei.

Die Frau zwängt sich zwischen zwei Herren. Sie stößt dem einen den Zylinder vom Kopfe.

Das ärgert den Herrn. Er klemmt den Zwicker fester auf die Nase und blickt strafend auf das Weib.

»Aber erlauben Sie!« sagt er.

– ?! –

»Aber erlauben Sie, mit einem solchen Bett!«

Die Leute im Wagen werden aufmerksam.

Der Mann scheint ein Norddeutscher zu sein; der Sprache nach zu schließen. Ein besserer Herr, der Kleidung nach zu schließen.

Was fällt ihm ein, die arme Frau aus dem Volke zu beleidigen?

Ein dicker Mann, dessen grünen Hut ein Gemsbart ziert, verleiht der allgemeinen Stimmung Ausdruck.

»Warum soll denn dös arme Weiberl net da herin sitzen? Soll's vielleicht draußen bleib'n und frier'n? Bloß weil's dem nobligen Herrn net recht is? Wenn ma so noblig is, fahrt ma halt mit da Droschken!« Der dicke Mann ist erregt. Der Gemsbart auf seinem Hute zittert.

Einige Passagiere nicken ihm beifällig zu; andere murmeln ihre Zustimmung. Ein Arbeiter sagt: »Überhaupt is de Tramway für an jed'n da. Net wahr? Und dera Frau ihr Zehnerl is vielleicht g'rad so guat, net wahr, als wia dem Herrn sei Zehnerl.«

Die Frau mit dem Bett sieht recht gekränkt aus. Sie schweigt; sie will nicht reden; sie weiß schon, daß arme Leute immer unterdrückt werden.

Sie schnupft ein paarmal auf und setzt sich zurecht. Dabei fährt sie mit dem Bette ihrem anderen Nachbarn ins Gesicht.

Der stößt das Bett unsanft weg und redet in soliden Baßtönen: »Sie, mit Eahnan dreckigen Bett brauchen S' mir fei 's Maul net abwisch'n! Glauben S' vielleicht, Sie müassen's mir unta d' Nasen halt'n, weil S' as jetzt aus 'm Versatzamt g'holt hamm?«

Die Passagiere horchen auf.

Da ist noch einer, der die Frau aus dem Volke beleidigt; aber, wie es scheint, ein süddeutscher Landsmann.

Die Stimmung richtet sich nicht gegen ihn. Übrigens sieht er so aus, als wenn ihm das gleichgültig sein könnte.

Er hat etwas Gesundes an sich, etwas Robustes, Hinausschmeißerisches.

Er imponiert sogar dem Herrn mit dem grünen Hute.

Und dann, alle haben es gesehen:

Die Frau ist ihm wirklich mit dem Federbette über das Gesicht gefahren. So etwas tut man nicht.

Der Mann selbst ist noch nicht fertig mit seiner Entrüstung. Er wirft einen sehr unfreundlichen Blick auf die Frau aus dem Volke und einen sehr verächtlichen Blick auf das Bett.

Er sagt: »Überhaupt is dös a Frechheit gegen die Leut', mit so an Bett do rei'geh'. Wer woaß denn, wer in dem Bett g'leg'n is? Vielleicht a Kranker; und mir fahren S' ins G'sicht damit! Sie ausg'schamte Person!«

Einige murmeln beifällig.

Der Mann mit dem grünen Hute gerät wieder in Zorn.

Er sagt: »Der Herr hat ganz recht. Mit so an Bett geht ma nett in a Tramway. Da kunnten ja mir alle o'g'steckt wer'n. Heuntzutag, wo's so viel Bazüllen gibt!«

Der Gemsbart auf seinem Hute zittert.

Alle Passagiere sind jetzt wütend über die Unverschämtheit der Frau.

Man ruft den Schaffner.

»De muaß außi!« sagt der Mann mit dem Gemsbart, »und überhaupts, wia könna denn Sie de Frau da einaschiab'n? Muaß ma sie vielleicht dös g'fallen lassen bei der Tramway? Daß de Bazüllen im Wag'n umanandfliag'n?«

Der Schaffner trifft die Entscheidung, daß die Frau sich auf die vordere Plattform stellen muß. Sie verläßt ihren Platz und geht hinaus.

»Dös war amal a freche Person!« sagt der Mann mit dem Gemsbart.

Der Herr mit dem Zwicker meint: »Eigentlich war sie ganz anständig. Nur mit dem Bette ...«

»Was?!« schreit sein robuster Nachbar. »Sie woll'n vielleicht dös Weibsbild in Schutz nehma? Gengan S' außi dazua, wann's Eahna so guat g'fällt!«

Alle murmeln beifällig.

Und der Arbeiter sagt: »Da siecht ma halt wieda de Preißen!«

*

Der alte Professor Spengler fährt jeden Morgen gegen acht Uhr vom großen Wirt in Schwabing bis zur Universität.

Er fällt auf durch seine ehrwürdige Erscheinung; lange, weiße Locken hängen ihm auf die Schultern, und er geht gebückt unter der Last der Jahre.

Ein Herr, der auf der Plattform steht, beobachtet ihn längere Zeit durch das Fenster.

Er wendet sich an den Schaffner.

»Wer ist denn eigentlich der alte Herr? Den habe ich schon öfter gesehen.«

»Der? Den kenna Sie nöt?«

»Nein.«

»Dös is do unsa Professa Spengler.«

»So? so? Spengler. M–hm.«

»Professa der Weltgeschüchte«, ergänzt der Schaffner und schüttet eine Prise Schnupftabak auf den Daumen.

»Mhm!« macht der Herr. »So, so.«

Der Schaffner hat den Tabak aufgeschnupft und schaut den Herrn vorwurfsvoll an.

»Den sollten S' aba scho kenna!« sagt er. »Der hat vier solchene Büacha g'schrieb'n.«

Er zeigt mit den Händen, wie dick die Bücher sind.

»So … so?«

»Lauter Weltgeschüchte!«

»Ich bin nicht von hier«, sagt der Herr und sieht jetzt mit sichtlichem Respekte auf den Professor.

»Ah so! Nacha is 's was anders, wenn Sie net von hier san«, erwidert der Schaffner.

Er öffnet die Türe.

»Universität!«

Professor Spengler steigt ab.

Der Schaffner ist ihm behilflich; er gibt acht, daß der alte Herr auf dem glatten Asphalt gut zu stehen kommt. Dann klopft er ihm wohlwollend auf die Schulter.

»Soo, Herr Professa! Nur net gar z' fleißig!«

Er pfeift, und es geht weiter.

Der Schaffner wendet sich nochmal an den Herrn:

»Alle Tag, punkt acht Uhr, fahrt dös alte Mannderl auf d' Universität. Nix wia lauta Weltgeschüchte!«

*

In Berlin. Der Straßenbahnwagen fährt durch den Tiergarten.

Seitab werden Bäume gefällt, und es ist ein sonderbarer Anblick, mitten in der Großstadt Waldarbeit zu sehen.

Der Schaffner wendet sich an einen Herrn, der Ähnlichkeit mit dem Kaiser hat. Die man in Norddeutschland so häufig trifft. Starkes Kinn. Habyschnurrbart.

Der Schaffner sagt: »Das geht nun schon so vier Wochen.«

Er deutet auf die Holzarbeiter.

Der Doppelgänger Kaiser Wilhelms schweigt.

»Wenn sie nur nich den ganzen Tiergarten umschlagen!«
sagt der Schaffner.

Keine Antwort.

Der Schaffner versucht es noch einmal.

»Den ganzen Tiergarten! Es wär' doch jammerschade!«

Jetzt blickt ihn der Doppelgänger Kaiser Wilhelms an;
strenge und abweisend.

Und er sagt:

»Ich habe nicht die Absicht, mich mit Ihnen in eine
Konversation einzulassen.«

Kaspar Asam und der Boxerkrieg

Hinauf und hinunter führte der Lebensweg des Kaspar Asam; aus einer verachteten Jugend bis zu der Glücksmöglichkeit, daß ihn Magistrat und Behörden beneiden mußten, und wieder zurück in das Dunkel der Armut.

Er wuchs in der Vorstadt auf. Die Häuser der gutsituierten Bürger lagen hoch über seiner Geburtstätte und sahen nur mit den ungepflegten Hinterfronten zu ihr herunter, und dies war gewissermaßen sinnbildlich für die Einschätzung, welche seiner Herkunft zuteil wurde.

Sein Vater Bartholomäus Asam übertrug auf ihn keinerlei Grundsätze, sondern überschattete seine Kinderjahre durch das öffentliche Mißtrauen, mit dem er behaftet war. Er trieb Handel mit Goldfischen, Stallhasen und Meerschweinchen und gedieh bei dieser Beschäftigung so merkwürdig, daß es allen bisherigen Anschauungen widersprach.

Wenn es mit rechten Dingen zuging, mußte Bartholomäus Asam ein kümmerlicher Mensch sein, der den engsten Gürtel in das letzte Loch schnallen konnte.

Aber er besaß nach dem Bierbrauer Spanninger den umfangreichsten Bauch und ging vor aller Welt mit rosigen Wänglein und runden Waden spazieren und wurde den Dürnbuchern unheimlich.

Die Öffentlichkeit hat ein Recht darauf zu wissen, wovon einer fett wird, und eine solche Üppigkeit, deren Nährboden rätselhaft war, erregte Verdacht und übertrug sich leider auf die Familie. So stand Kaspar Asam ohne eigene Schuld abseits vom bürgerlichen Wohlwollen, und eine edle Natur hätte vielleicht aus dieser Ungerechtigkeit Haß gesogen.

Er tat dies nicht, sondern hielt sich frei von Ehrgeiz, und sein Knabengemüt wurde viel heftiger durch den Schulzwang getroffen, als durch die Mißachtung der Altersgenossen. Sowie er seine Freiheit erlangt hatte, trat er in das väterliche Geschäft ein und steigerte bald durch sein eigenes Aussehen den Abscheu der Dürnbucher, indem auch er alle Zeichen der Wohlgenährtheit ansetzte.

Wenn er des Weges kam, blieben die ehrenwerten Leute stehen und sahen ihm kopfschüttelnd nach, und viele Blicke trafen ihn, aus denen Abweisung sprach und jene Scheu, welche das ehrliche Besitztum vor der Zweifelhaftigkeit hegt.

Kaspar kümmerte sich nicht darum und gedieh ruhig weiter, und aus Mangel an Beweisen mußte die Stadt Dürnbuch glauben, daß es um den Handel mit Stallhasen etwas recht Opulentes sei.

Dann kam aber ein aufregender Vorfall.

Als der Bäckermeister Vierthaler eines Morgens seinen Laden öffnete, merkte er mit Schrecken, daß die Kasse ausgeplündert war.

Es gab zwei Möglichkeiten. Entweder hatte Asam der Vater gestohlen, oder Asam der Sohn. Der Polizeirottmeister Muggenschnabel konnte noch ein drittes Verdachtsmoment beibringen, indem er beide gemeinsam für schuldig hielt.

Die Haussuchung ergab nichts. Aber das hatte man in Dürnbuch nicht anders erwartet; denn wer vor aller Augen in der rätselhaftesten Weise einen Bauch kriegen konnte, ließ sich nicht so leicht überführen.

Die stille Abneigung gegen die Asamischen wurde jetzt zum unverhohlenen Zorn, und Kaspar, der sich gerade in dieser Zeit zu einem Verehrer der Damen ausbilden wollte, wurde auf einem dieses bezweckenden Spaziergang überfallen und windelweich geschlagen.

Das traf ihn härter wie alles Vorhergegangene, und im Kummer über die öffentliche Unsicherheit verließ er Dürnbuch bei Nacht.

Niemand beklagte sich darüber, daß er ohne Abschied von dannen gegangen war, und niemand erkundigte sich in der Folgezeit nach seinem Befinden.

Die Nachbarn, denen der Vater Bartholomäus erzählte, daß er, vertrieben durch Ungerechtigkeit, sich auf das wilde Meer begeben habe, wünschten, daß ihn alsbald ein Walfisch verschlucken, aber nur ja nicht wieder ausspeien möge, wie zu derselbigen Zeit den Jonas.

Die Tage vergingen.

Der Mond nahm zu und nahm wieder ab, und als die Sonne in das Zeichen des Löwen trat und es allenthalben recht heiß war, kamen absonderliche Nachrichten über das Meer.

Niemals hatte man von solchen Menschen gehört, die sich Boxer nannten, und jetzt erfuhr man, daß sie, von einer wilden Grausamkeit erfaßt, in China Spektakel machten. Was ging es die Dürnbucher an?

Es ging sie viel an. Zunächst als Untertanen des Deutschen Reiches, denn der Gesandte des Landes war von den Heiden erschlagen worden, und freilich waren die Dürnbucher geneigt, dieses weit entfernte Ereignis nachsichtig zu beurteilen. Allein der Schwerpunkt liegt in Berlin, und von dort kam es zu lesen, daß nunmehr Krieg mit den Chinesen sein müsse. Die Vermutung ging dahin, daß auch die Dürnbucher sich an den Kosten beteiligen durften, und damit war das Ereignis näher gerückt.

Zunächst nur für die allgemeine kühle Betrachtung, welche durch das Wochenblatt geleitet wurde. Denn Haupt- und Staatsaktionen begeben sich in Höhenlagen, welche der Bürger nicht überblickt, und er leiht sich vom Zeitungsschreiber das Glas, um sie zu betrachten, und auch die Gedanken, welche darüber anzustellen sind.

Die Boxer belagerten die europäischen Gesandten, und es wurde viel geschossen, und in London, in Paris und Berlin horchte man mit großer Spannung. Der Dürnbucher Redakteur weissagte nichts Gutes, aber er stand über der Situation und faßte die schrecklichsten Möglichkeiten mit Ruhe ins Auge. Dann kam die Nachricht, alles sei ermordet worden, die Gesandten, die Verteidiger und Weib und Kind. In London, in Paris und Berlin gab es Schreie der Entrüstung; der Dürnbucher Redakteur schrieb, es sei genau das, was er sich gedacht habe, und er verlor den Kopf nicht, sondern brachte gleich hinter der Schreckensnachricht die Einladung zu einem Preiskegelschieben.

Allein die Dürnbucher sollten bald erkennen, daß sie dieses Mal nicht weit vom Strudel der Ereignisse saßen, denn das Schicksal hatte einen merkwürdigen Faden von Peking nach ihrer Stadt gesponnen.

Es lief ein amtliches Schreiben aus Berlin ein und hatte ein großes Siegel und war adressiert an den Herrn Bartholomäus Asam, Produktenhändler, und trug die Aufschrift: Kaiserliches Marineamt.

Der Postexpeditor hatte den Brief voll Erstaunen hin und her gedreht und gegen das Sonnenlicht gehalten, und der Postbote hatte ihn verschiedenen Leuten gezeigt, und alle Mittel waren versucht worden, dem Inhalt von außen her beizukommen, aber zuletzt mußte er dem Adressaten eingehändigt werden. Asam öffnete ihn, viel zu langsam für die Ungeduld des Postboten, und zog ein Blatt heraus, welches ehrfurchtgebietende Embleme und Wappen trug. Und dann las er.

»Euer Wohlgeboren!« Er las es noch einmal, und es hieß wirklich so und konnte von niemand in Zweifel gezogen werden. »Euer Wohlgeboren! Ich habe die traurige Pflicht,

Ihnen mitzuteilen, daß Ihr Sohn Kaspar Asam, Gefreiter im I. Seebataillon, sich unter den Verteidigern der Gesandtschaft in Peking befand und nach den telegraphischen Berichten vermutlich den ruhmvollen Tod für das Vaterland starb.«

Gezeichnet: Admiral ...

Und dann kamen zwei Schnörkel, die einen preußischen Namen bedeuten mußten.

Der wohlgeborene Produktenhändler wollte etwas fragen oder sagen, aber der Postbote war schon weggeeilt, um es brühwärmstens anzubringen. Die Nachricht flog durch die Gassen und lockte die Bürger aus den Häusern, daß sie stundenlang Geschäft und Handwerk im Stiche lassen mußten.

Die Boxer hätten mit Wahrheit sagen dürfen, daß sie sich in Dürnbuch Achtung und Vertrauen erweckt und daß sie sich in einem deutschen Bäckermeister einen aufrichtigen Bewunderer erworben hatten.

Was Bartholomäus Asam anbetraf, so ging er unter dem ersten und starken Eindrucke der Trauerbotschaft zum königlichen Bezirksamt und erkundigte sich, wieviel er vom Staate als verwaister Vater zu beanspruchen habe, und die Auskunft, daß er nichts erhalte, ließ seinen Schmerz neu erwachen. Er sollte bald erfahren, daß es ihm außer an sonstigen rechtlichen Gesichtspunkten auch an einem toten Sohne fehle.

Die Zeit war reich an Überraschungen und arm an verlässigen Nachrichten. Das Gerücht von der Erstürmung der Gesandtschaft war falsch, der Abscheu vor den Boxern übertrieben, und die Freude eines Bäckermeisters verfrüht gewesen. Man hörte jetzt, daß die Gesandten mit heilen Gliedern der Gefahr entronnen waren. Die Berliner Zeitungen waren erstaunt; der Dürnbucher Redakteur aber schrieb, er hätte die tendenziöse Aufbauschung sofort erkannt und nur das

Weitere abgewartet. Die weniger Einsichtigen im alten Europa atmeten auf und sagten, daß der Allmächtige seine Hand über die Bedrängten gehalten habe. Nur der Bäcker Vierthaler murrte gegen die Vorsehung und meinte, es sei eben wieder nach der alten Regel gegangen: was am Galgen sterben müsse, könne nicht ersaufen, und Unkraut verderbe nicht.

Der Mann hätte vorsichtiger sein dürfen mit seinen veralteten Sprichwörtern, denn man beleidigt nicht die Freunde der Monarchen, und Kaspar Asam hatte drei auf seiner Seite, was sich bald genug herausstellte. Zuerst wurde es angedeutet durch ein Telegramm des preußischen Admirals, welcher sich beeilte, den Druck jener Todesnachricht von dem gramvollen Vater zu nehmen, und welcher die Tatsache, daß der Gefreite Asam erhalten geblieben war, als etwas Freudiges hinstellte. Man muß eben bedenken, daß im Schlachtenpulverrauche die bürgerlichen Qualitäten verschwinden, und daß das Vaterland die Leumundszeugnisse seiner Helden nicht prüft.

Immerhin war es den Dürnbuchern erlaubt, ihre eigene Meinung zu haben und über die Schwärmerei des Marineamts zu lächeln, solange keine geheiligte Autorität sich der Sache angenommen hatte. Aber das geschah einige Wochen später, indem Kaspar Asam von drei Machthabern dieser Erde affektioniert und durch Kreuze und Medaillen unter die Ausnahmemenschen gestellt wurde. Von Sr. Majestät dem Deutschen Kaiser, von dem Allergroßmächtigsten Zaren zu Petersburg und von Sr. Majestät dem Könige von Großbritannien und Irland und Kaiser von Indien. Mit einem Schlage war Kaspar neben die Kämpfer von Königgrätz und die Löwen von Plewna und die Sieger von Omdhurman gesetzt und war ein Held für drei Länder des alten Europas. Es liegt in der Souveränität begründet, daß vor ihr Meinungen ebensowohl wie Tatsachen schweigen müssen, und der Bäckermeister Vierthaler tat gut, seine alte Geschichte zu begraben und sich an ein anderes Sprichwort zu erinnern, welches so hieß: Jugend hat keine Tugend.

Die Stadt konnte dem Glanz, der auf sie zurückfiel, nicht ausweichen, und sie konnte nicht darauf verzichten, aus dem Ruhme ihres Sohnes Anerkennung und Besonderheit zu gewinnen. Der Dürnbucher Zeitungsschreiber traf wieder einmal mitten ins Schwarze, als er einen begeisterten Artikel über den bayrischen Löwen brachte, der mit mächtigen Tatzenschlägen die wütenden Heiden niedergestreckt hatte. Jedermann fühlte es mit Stolz, daß dieser Löwe ein Dürnbucher war.

Die Chinesen lagen am Boden, und das Christentum hatte wieder einmal einen schönen Triumph erfochten. Engländer, Russen, Franzosen und Deutsche teilten sich in die Gloria, und für die Stadt Dürnbuch an der Glonn fiel ein Hauptstück ab. Kaspar Asam hatte deutschen Boden betreten und teilte seine baldige Ankunft mit. Davon kam eine starke Bewegung in den Veteranenverein, dessen Vorrat an vaterländischen Helden in dreißig Friedensjahren bedenklich gelichtet war, und der es mit Freuden begrüßen mußte, nach so vielen Jubiläen endlich wieder einen richtigen Kriegereinzug abzuhalten. Der Magistrat hatte einstimmig seine Mitwirkung zugesagt, und die königlichen Behörden waren entschlossen, mit Schiffhüten und Fräcken das Fest offiziell zu gestalten. Kein Mißton störte die Vorbereitungen, und als Bartholomäus Asam über den Stadtplatz schritt, sah er, daß die Vorderfronten der stattlichsten Häuser für seinen Sohn mit Fähnlein und Girlanden geziert waren.

Am folgenden Sonntag rückte der Veteranenverein mit Musik aus und marschierte bis zum Egersrieder Kreuzweg, wo der Omnibus in Empfang genommen werden mußte. Es war ein lieblicher Frühlingsmorgen und eine gehobene Stimmung, als nun der gelbe Wagen bedächtig die Straße heranschaukelte. Der Schlosser Sebald als Vorstand gab die letzten Befehle; Musik links am Rande, und auf ein Zeichen den Präsentiermarsch, die Krieger gegenüber, zwei Mann hoch aufgestellt und gut ausgerichtet. Achtung!

Der Postillion hielt an, und vor allen neugierigen Augen kletterte der Sieger von Peking aus dem Wagen; und wahrhaftig, dieser merkwürdige Jüngling war rund und fett, und nichts an ihm zeugte von Strapazen und Entbehrungen. Aber davon war jetzt nicht die Rede, denn Sebald machte soldatischen Lärm. »Achtung! Still–gestanden! Augen rechts! Präsentiert das – Gewehr!« Die Regenschirme flogen klappernd an die Schultern, und müde Handwerkerbeine versuchten es, durchgedrückt und stramm zu stehen.

»Im Namen des Veteranen- und Militärvereins Dürnbuch begrüße ich Sie, indem Sie gezeigt haben, daß auch die jetzige Generation in Treue fest für Fürst und Vaterland überall ihre Pflicht tut und den bayrischen Waffenruhm, welcher einst bei Wörth und Sedan erstrahlte, zu wahren weiß. Wir gedenken wie immer, so auch in diesem Augenblicke unseres obersten Kriegsherrn und geben diesen erhabenen Gefühlen Ausdruck, indem wir rufen: Seine königliche Hoheit, des Königreichs Bayern Verweser, lebe hoch, hoch, hoch!«

Tara, tara, taridadaradada, fiel die Musik ein, und Kaspar Asam nahm die Händedrücke entgegen und zeigte sich dem Augenblicke angemessen. An seinem Rocke hingen vier Orden, welche die alten Soldaten blendeten, und sie glitzerten in der Sonne und klirrten, wenn er auftrat.

»In Sektionen links schwenkt – marsch!«

Hinter der Fahne zwischen Sebald und dem pensionierten Gendarmen Angerer marschierte Kaspar, und es ging mit Trompetenschall nach Dürnbuch hinein bis zum Stadtplatz, auf dem eine Tribüne errichtet war.

Oben glänzten feierliche Zylinderhüte, und unter deren

einem schaute das breite Gesicht des Bäckermeisters Vierthaler in diese Welt der merkwürdigsten Schicksalswechsel.
Wer hätte es je gedacht, daß er für einen Asam den Braten-
rock anlegen werde? Dort unten stand dicht gedrängt lauter
ehrbares Volk, hier heroben stand neben ihm ein königlicher Bezirksamtmann, und die jämmerlichen Beine entlang
baumelte der Staatsdegen. Warum? Weil jetzt von der Kirch-
gasse her mit Brausen und Sausen der Kaspar Asam einher-
schritt, wiederum an der Spitze von ehrlichen Leuten. O du
runde Welt, auf der sich das Unterste zu oberst kehrt! Es war
einmal eine Ladenkasse, da lagen siebenunddreißig Mark
darin, ein Goldstück, fünf harte Taler und das übrige…

Silentium!

Freilich da waren jetzt die Veteranen vor der Tribüne, und
des Kaspar Asam Soldatenauge überflog die Schmerbäuche,
als wären sie nichts, und blieben haften auf Seiner Wohlgeboren, dem Herrn rechtskundigen Bürgermeister, welcher
nun sprach:

»Silentium! Hochverehrte Festversammlung! Nil admirari sagt jener berühmte Horatius, welchem wir auch das
andere Wort verdanken, es ist schön und ehrenvoll, für das
Vaterland zu sterben. Nil admirari oder Mensch, wundere
dich nicht! Hochverehrte Festversammlung! Ist es doch
wahr, dieses Wort des lateinischen Dichters! Denn wohin
wir auch blicken, immer wieder ereignen sich wunderbare
Dinge und zeigen, daß das Walten der Vorsehung unbere-
chenbar ist. Wer von uns erinnert sich nicht jener bangen
Stunden, als die Gesandtschaft umheult von den ergrimm-
ten Chinesen, in der furchtbarsten Gefahr schwebte? Wer
erinnert sich nicht jener Nachricht, welche jeden Europäer
bis ins Mark traf? Jener Nachricht, daß Weib und Kind unter
den Streichen der Wütenden hinsanken? Damals war es,
daß auch in unserer Stadt sich ein Vaterherz im bittersten
Schmerz zusammenzog, damals trat das Schicksal in seiner

fürchterlichsten Gestalt auch an einen aus unserer Mitte, und ein tiefgebeugter Vater blickte in die Gruft seines Sohnes.

Hochverehrte Festversammlung! Nil admirari! Welch ein Unterschied zwischen heute und gestern! Der Totgeglaubte steht gesund und fröhlich in unserer Mitte, und seine Brust schmücken zahlreiche Orden zum Lohne für die Tapferkeit, welche er bewiesen hat. Auch uns ziemt es, ihm dankbar zu sein. War es doch schon im alten Athen gebräuchlich, den heimkehrenden Sieger von Olympia zu feiern, und haben wir doch vielmehr Grund, ihrem Beispiele zu folgen! Denn nicht ein leichtes Spiel war es, aus dem unser Held heimkehrt, nein, es war ein blutiger furchtbarer Kampf. Fürwahr, den deutschen Männern, welche im fernen Asien den Schimpf abwuschen, jenen Schimpf, welcher den glänzenden Schild der Germania eine kurze Weile getrübt hatte, diesen Männern, sage ich, gebührt allgemeiner Dank. Soll es uns nicht mit Freude erfüllen, daß unter diesen Männern auch ein Kind unserer Stadt sich befindet, und haben wir nicht die Pflicht, dieser Freude öffentlich Ausdruck zu geben und damit zu bekunden, daß jene patriotischen Gefühle, welche jetzt in Nord und Süd, und in Süd und Nord, hochverehrte Festversammlung, – daß jene patriotischen Gefühle auch uns beseelen? In diesem Sinne spreche ich namens des Magistrates und Gemeindekollegiums Ihnen, Herr Kaspar Asam, den tiefgefühltesten Dank aus. Mögen wir alle in den zahlreichen Orden, welche Ihre Brust schmücken, auch eine Ehrung für unsere Stadt erblicken und zugleich die Mahnung, daß auch wir immer bereit sind, mit Gut und Blut zu unserem engeren, sowie zu unserem weiteren Vaterlande zu stehen. Wir können diesen Gefühlen keinen besseren Ausdruck verleihen, als indem wir rufen: Seine königliche Hoheit, des Königreichs Bayern Verweser, und seine Majestät, der deutsche Kaiser, sie leben hoch! hoch! hoch!«

Viele Zylinder und ein Schiffhut wurden zum Himmel gehoben zur mittelbaren und mit einbegriffenen Ehrung des Kaspar Asam, und der Bezirksamtmann zog ihn in ein längeres Gespräch, und es schloß mit einem viel bemerkten Händedruck, und das gleiche tat der Bürgermeister. Beim festlichen Frühschoppen im Lammbräu kam es sogar zu einem direkten Lebehoch auf Kaspar. Ein aufmerksamer Beobachter hätte wohl feststellen können, daß sehr angesehene Bürger sich mit jovialen Witzen an den Helden des Tages heranmachten, und daß sie ihre Bedeutung gehoben glaubten, wenn Kaspar mit ihnen lachte. Der Beobachter hätte weiterhin feststellen können, daß man dem heute schon in öffentlicher Rede erwähnten Vater Bartholomäus zutraulich auf die Schulter schlug und ihm auch sonst einige Brosamen herzlichen Wohlwollens zukommen ließ. Er hätte feststellen können, daß der Bäckermeister Vierthaler im Schatten saß, weil kein Strahl der Asamischen Sonne auf ihn fiel, und daß er sich frühzeitig und unbeachtet nach Hause begeben mußte, während hinter ihm die lauteste Fröhlichkeit auf die Gasse drang.

Es war einmal eine Ladenkasse, und da waren siebenunddreißig Mark darin, ein Goldstück, fünf harte Taler und …

Geh heim mit deiner alten Geschichte, Vierthaler, denn niemand will sie hören. Wenn du aber mit gegrätschten Beinen am Fenster stehst und verdrossen über den leeren Marktplatz schaust, so denke an deinen rechtskundigen Bürgermeister. Nil admirari!

Kaspar Asam war so versöhnlich gestimmt durch den Empfang, daß er seinen Groll gegen Dürnbuch beiseite legte und zu bleiben beschloß. Als vaterländischem Helden stand es ihm nicht wohl an, den Handel mit Stallhasen und Meerschweinchen wieder aufzunehmen. Die Begründung einer neuen Existenz aber war so wichtig und folgenschwer, daß er nicht mit überstürzter Eile an sie heranging, sondern in abwartender Ruhe als täglicher Gast des Lammbräu der Zukunft entgegensah. An dieser Stätte seiner Ehrungen fühlte er sich wohl, und hier glaubte er ständiger Anerkennung sicher zu sein.

Allein die Saiten der bürgerlichen Gemüter bleiben nicht lange in hoher Spannung, und sie ließen nach und gaben bald nur mehr dürftige Töne von sich, wenn Kaspar auf ihnen das Lied von seiner Heldenschaft begleiten wollte. Seine Orden verloren ihre festliche Bedeutung, und ihr Glanz erblindete, weil er sie Tag für Tag den Dürnbuchern vor Augen führte, während sie doch von der Vorsehung dazu ausersehen sind, das sonntägliche Gewand zu schmücken. Der dekorierte Krieger, welcher jeden mühevollen Werkeltag hinter der Bierbank saß, wurde eine gewöhnliche Erscheinung und bald eine ärgerliche Erscheinung. Unterweilen versiegte auch sein chinesischer Kriegsschatz und gleichzeitig mit ihm das Wohlwollen des Lammbräu. Auch Kaspar Asam mußte erfahren, daß der Dank des Vaterlandes kein Kredit fundierendes Objekt, sondern nur ein idealer Begriff ist. Mit unschönen Worten erklärte ihm eines Tages die Kellnerin, daß ihm weiterhin keine Lebens- und Genußmittel anders als gegen bare Bezahlung verabreicht würden, und der Lammbräu, welcher herbeigeholt wurde, zeigte nicht die geringste Scheu vor dem Günstling der drei Monarchen.

So kurze Zeit nach jenen hochklingenden Versicherungen siegte im dankschuldigen Dürnbuch der nüchterne Erwerbssinn über höherstehende Gefühle.

Kaspar Asam erkannte mit Bitterkeit die Forderungen des Alltags und nestelte den russischen Annaorden vom Rock und gab diese goldene Medaille der Kellnerin zum Pfand. Da lag nun das würdige Ehrenzeichen, welches die Soldaten Suworoffs und Kutusoffs und Skobeleffs gleichermaßen zur Tapferkeit angefeuert hatte, neben schmierigen Bierzeichen im Schenkkasten und bewies die Hinfälligkeit der histori-schen Größe.

Das Gerücht von dieser Tat durchlief die Stadt Dürnbuch und wirkte in gewisser Beziehung zersetzend, denn es ist immer gefährlich, wenn ein Nimbus verloren geht, und die Leute, welche sich von der Kellnerin den Orden zeigen ließen und ihn mit plumpen Späßen von Hand zu Hand gaben, schädigten, wenn auch unbewußt, den monarchi-schen Gedanken.

Was aber Kaspar Asam betrifft, so trank er so lange, bis der Lammbräu die pfandmäßige Sicherheit für erschöpft hielt, und dann wurde er hinausgeworfen und zog zu sei-nem Vater in die untere Stadt.

Und die stattlichen Häuser der achtungswerten Bürger schauten wieder mit den schmutzigen Hinterfronten auf ihn hinab.

Berliner Tage

Im Frühjahr 1901 war ich zu kurzem Aufenthalte in Berlin und verlebte in fröhlicher Künstlergesellschaft ein paar genußreiche Wochen. Die Reichshauptstadt, die ich zum ersten Male sah, gefiel mir außerordentlich, und es schien mir hier alles ins Große und Bedeutende zu gehen.

Ganz gewiß war vieles dazu angetan, diese Meinung hervorzurufen, aber es lag auch in meiner Art, mich neuen Eindrücken stark hinzugeben und keine Mängel zu bemerken, wo ich nur Vorzüge sehen wollte.

Ich war als eifriger Leser von Treitschke, Häuser, Förster, Kugler, Onken, Archenholtz u. a. ziemlich vertraut mit preußischer Geschichte, und es hatte für mich einen besonderen Reiz, nunmehr an Stätten zu kommen, mit deren Namen sich mir so oft bestimmte Vorstellungen verbunden hatten.

Als eingefleischter Friderizianer erlebte ich einen eindrucksvollen Tag in Potsdam, wo, wie kaum an einem anderen Orte, noch vieles auf Geist, Wissen und Art eines großen Mannes hinweist.

Ich möchte hier sagen, daß ich mir kein dümmeres Wort als das vom Potsdamismus denken kann, mit dem man die Zeit Wilhelms II. mißbilligend oder verächtlich bezeichnet hat. Das Wort trifft in gar nichts den Charakter der Zeit und der Männer, die nach 1890 die Geschichte Preußens lenkten. Da herrschte das gerade Gegenteil vom Potsdamismus, unter dem ich mir die glücklichste Verbindung von Klugheit und festem Willen vorstelle, die aus einem armen, kleinen Lande einen mächtigen Staat geschaffen hat.

Wenn Äußerliches das Wesen eines großen Mannes widerzuspiegeln vermag, so tut das Sanssouci. Alles in dem kleinen Schlosse, und nicht weniger das, was *nicht* darin ist, zeigt künstlerischen Takt, sich bescheidende Weisheit, Eigenschaften, die zur wahren Größe gehören.

Und es ist auch kein Zufall, daß das schöne Bild der aufsteigenden, von dem niedern Schlosse gekrönten Terrasse durch die in Marmor ausgeführte Kopie des Rauchschen Denkmals stark beeinträchtigt wurde.

Wilhelm II. hat sie dort aufstellen lassen, und sie paßt wieder einmal gar nicht hin.

Der Gefallen, den ich an Berlin gefunden hatte, blieb in mir wach, und als sich mir im folgenden Herbste die Möglichkeit bot, auf längere Zeit dorthin zu übersiedeln, besann ich mich nicht lange und entschloß mich, München auf einige Zeit zu verlassen.

Freiherr von Wolzogen hatte im Januar 1901 sein Überbrettl eröffnet, und der Erfolg des Unternehmens hatte ihn veranlaßt, in der Köpenicker Straße ein eigenes Theater zu erbauen.

Freund Rößler, der als Dichter des »Feldherrnhügels« und anderer Lustspiele später bekannt geworden ist, war Wolzogens Oberregisseur und machte mir den Vorschlag, ich sollte gegen ein Fixum die Verpflichtung übernehmen, jedes geeignete Gedicht zuerst dem Überbrettl zur Verfügung zu stellen und den kommenden Winter in Berlin zu bleiben. Außerdem sollte ich ihm zur Eröffnung des Theaters das Aufführungsrecht der »Medaille« überlassen.

Nach Einigung mit der Redaktion des »Simplicissimus« nahm ich das Anerbieten an, und schon Ende September 1901 bezog ich ein paar möblierte Zimmer in der Lessingstraße in Berlin, ein wenig ängstlich vor der eingebildeten

Größe meiner Aufgabe in der gewaltigen Stadt und ein wenig stolz, ihr anzugehören.

Es war wieder einmal nicht ganz so, wie ich es mir ausgemalt hatte.

Das Theater in der Köpenicker Straße war noch nicht ausgebaut, gute Zeit wurde versäumt, und als es im November eröffnet wurde, war Überbrettl schon nicht mehr Mode, hatte Konkurrenten, und überdies hatte das Theater in dem Armenviertel die ungünstigste Lage.

Es mußte aufreizend wirken, wenn in dieser Straße Equipagen vorfuhren und Dämchen mit Einglasträgern ausstiegen.

Was auf der Bühne geboten wurde, war nett und unzulänglich und hätte einer heiter gestimmten Gesellschaft einen Polterabend sehr vergnüglich gestaltet, aber Berlin W war nicht so harmlos, und es hatte seine Neigung für gehobene Varietekunst bereits wieder abgelegt.

Die Konkurrenz versuchte es mit Attraktionen, und Liliencron las vor einem Parkettpöbel seine Novellen und Gedichte vor.

Mich befiel ein schwerer Katzenjammer, als ich das hörte, und schon vor der Eröffnungsvorstellung im Wolzogenschen Theater war ich mit allen Illusionen fertig.

Meiner »Medaille« ging es nicht zum besten; sie fiel nicht durch, aber sie erregte sichtlich wenig Freude, und vor allem paßte sie nicht auf diese Bühne.

Es war für mich nicht angenehm, den Kampf mit ansehen zu müssen, den Wolzogen mit der Ungunst des Publikums einige Monate hindurch führte, bis er mit einer Niederlage endete.

Ganz Berlin gab sich damals dem mächtigen Eindrucke hin, den das Lied »Haben Sie nicht den kleinen Cohn gesehn?« machte, und es war aus mit den vertonten Liedern Bierbaums und Liliencrons.

Von meiner Freude an der lauten Großstadt kam ich bald zurück. Zwar das Berlin, wie es geschäftig war, arbeitete und bei aller Hast und Hetze Ordnung hielt, imponierte mir noch immer; erst in späteren Jahren wurde ich mißtrauisch gegen die fixen Leute, die so viel Spektakel mit ihrer Arbeit machten und immer neue, unmögliche Pläne und Ideen am Telephon hatten und sich in der Pose der unter fürchterlicher Arbeitslast Zusammenbrechender wohlfühlten.

Aber auch schon damals sah ich Berlin, wie es sich unterhielt, mit kritischen Augen an, und es gefiel mir nicht mehr.

Selbst in Abendgesellschaften merkte ich bei den geladenen Gästen, daß sie einander weder Ernst noch Heiterkeit glaubten und sich kühl beobachteten.

Diese Leute waren einander fremd, kaum aneinander gewöhnt und ganz und gar nicht miteinander verwachsen; sie konnten nur nach Äußerlichkeiten urteilen und waren veranlaßt, ihre Art nach außen zu wenden, da sie keinen innerlichen Zusammenhang hatten.

Vom Berliner Nachtbetrieb wurde oft mit einem gewissen Stolze gesprochen, als wäre in ihm der weltstädtische Charakter sichergestellt und deutlich zur Erscheinung gebracht.

Ich weiß nicht, ob dieses Ziel erreicht wurde, noch weniger, ob es irgendeinen Wert hatte.

Ich sah nur dichtgedrängte Haufen von Menschen, die das eine gemeinsam hatten, daß sie sich fröhlicher gaben, als sie waren.

Daß der eigentliche, echte, alte Berliner viele Vorzüge habe, wurde mir eindringlich versichert, und ich zweifelte nicht daran, weil ich es durch den verehrten Theodor Fontane schon erfahren hatte, aber in der Völkerwanderung, die nach 1870 von Osten her einsetzte, wurden die Modelle Glaßbrenners stark in den Hintergrund gedrängt. Mir schien es, als lebten die Massen neben-, nicht miteinander, und das Auffälligste war gerade das Fehlen alles Charakteristischen.

Die Tunnelzeit war auch überwunden.

Daß sich die Schriftsteller regelmäßig hätten zusammenfinden können, wäre nicht mehr denkbar gewesen, und nichts war bezeichnender für die neue Zeit, als daß die Kritiker präponderierten. Sie waren die Berühmtheiten, auf die sich die Aufmerksamkeit des Publikums richtete, von ihnen war am meisten die Rede, ihr Ruhm überdauerte – was wenigen Autoren oder Künstlern beschieden war – mehr wie eine Saison. Ihre Geltung stand fest, die der Dichter blieb schwankend zwischen den Erfolgen, konnte abflauen und stürzen, und nach einer Niederlage sanken auch die alten Werte.

In der Premiere von Gerhart Hauptmanns »Rotem Hahn« saß ich neben Herrn Elias, der mir in den Zwischenakten Anhänger und Gegner des Dichters zeigte und zweifelnd, nach äußerlichen Merkmalen, den Ausgang abschätzte. Die feindlichen Mächte errangen den Sieg, und das Stück fiel durch.

Daß die Fortsetzung des »Biberpelzes« nicht gefiel, verstand ich, aber für die feindselige Wut, die sich um mich herum austobte, hatte ich keine Erklärung.

Es war so, als hätten sich die Theaterbesucher für irgendeine Kränkung zu rächen, als müßten sie einem lange zurückgehaltenen Hasse gegen den Dichter endlich Luft verschaffen. Und doch hatten sie ihm schon oft im gleichen Theater zugejubelt.

Bei Elias lernte ich Otto Brahm kennen, einen kleinen Herrn, an dem ein Paar kluge, scharf beobachtende Augen sogleich auffielen; er sprach wenig, aber was er sagte, klang trotz des ruhigen Tones sehr bestimmt.

Die Rolle, die ihm von Berlin, von Publikum und Presse, aufgedrängt wurde, Mittelpunkt des Interesses und ein bißchen Gott zu sein, führte er diskreter durch als andere, die nach ihm diesen Thron bestiegen. Die Vorstellungen in seinem Theater waren sehr gut, aber ich glaubte damals wie heute, daß die Kunst, mit tüchtigen Schauspielern Stücke, die was taugen und sich für die Bühne eignen, gut herauszubringen, für einen geschmackvollen und klugen Mann nicht allzu schwer ist.

Brahm besaß jedenfalls den Takt, sein Genie nicht aufdringlich vor die Rampe hinauszustellen; man merkte nichts von seinen besonderen Einfällen, aber desto mehr vom Willen des Dichters. Später ist das ja anders geworden.

Hinter Regie- und Dekorationskünsten, hinter Turn- und Tanzleistungen mußte sogar der alte William Shakespeare mit seinem Texte zurückstehen. Von Schriftstellern, deren Erfolge ich einmal als Gipfel des Glückes betrachtet hatte, sah ich nun auch etliche. Das Wetter ist nie so schlecht, wie es sich vom Fenster aus ansieht, und die Berühmtheiten sind nie so erhaben, wie man von weitem glaubt.

Damals stand allerdings in Berlin kein Dichter im Zenit; Hauptmann hatte Mißerfolge gehabt, Sudermann war mit einem Schlager im Rückstande, neue Götter gab es nicht, die Saison war flau, und Zugkraft hatte das Unliterarische.

Der kleine Cohn – und ein Studentenstück »Alt-Heidelberg«, das verschämt zurückgestellt worden war und nun, da man es endlich gab, in Berlin wie in ganz Deutschland einen vollen Sieg errang.

Die Kritiker zuckten die Achseln, schüttelten die Köpfe, und zuletzt lächelten sie wohlwollend.

Wie in München hatte ich auch in Berlin regeren Verkehr mit Künstlern als mit Schriftstellern.

Man kam allwöchentlich im kleinen Kreise zusammen und unterhielt sich aufs beste. Gearbeitet wurde viel, und ich konnte wohl sehen, daß man sich hier leichter und in größeren Maßen durchsetzen konnte als in München.

Die Sezession hatte neben ihrer künstlerischen auch noch die gewisse oppositionelle Bedeutung, da der Hof in Kunstfragen so bestimmt wie unpassend eingriff.

Berlin W trat, wie es ihm zusagte, für das Neue ein, und empfand sicherlich einigen Reiz in diesem ungefährlichen Frondieren.

Überdies glaubte man an der Spitze einer vorwärtsdrängenden Bewegung zu stehen und tat sich was darauf zugut, Berlin als Mittelpunkt geistiger und künstlerischer Bestrebungen zu preisen. München sollte seinen Rang als Kunststadt verloren haben.

Das wurde freilich von Kritikern und Kunsthändlern eifriger behauptet als von den Künstlern, die zum größeren Teile aus Süddeutschland stammten, aber auch diese gaben sich nicht ungern der Ansicht hin.

Vielleicht entschädigte es sie für allerlei Unannehmlichkeiten ihres Aufenthaltes, über die sie trotz allem seufzten, und die Entwicklung hat gezeigt, daß zum Gedeihen der Kunst das Mäzenatentum allein nicht genügt, besonders nicht eines, das so unselbständig und lenkbar ist wie das Berlinerische.

Auch da gab es Mode und Saisongeltung, und die Götter von gestern wurden gestürzt, wenn die Götter von heute auf den Altar gehoben wurden.

Immer war eines nicht bloß das Beste, sondern das allein Gute, und der Herr Kommerzienrat ging willig von Manet zu Cézanne, von Cézanne zu Picasso über, nach den Dogmen, die von Kunsthändlern und Kunsthistorikern aufgestellt wurden.

Während des Krieges, und erst recht nach seinem unglücklichen Ausgange unter dem Eindrucke des Zusammenbruches, war viel die Rede von Verfallserscheinungen, die verspätete Propheten in der Weltstadt Berlin bemerkt haben wollen, davon habe ich nichts gesehen, und auch was mir nicht gefiel, hat in mir darum noch keine düsteren Ahnungen erregt.

Ich sah in allem nur die natürlichen Folgen eines großen, schnell angehäuften Reichtums, des Zusammenströmens aller Kräfte des Reiches in diese Stadt, des ungeheuren Wachstums, bei dem es zur natürlichen Entwicklung einer bodenständigen Kultur nicht kommen konnte, und obwohl es mir in dem Treiben immer unbehaglicher wurde, übersah ich doch nicht, wie viel guter Wille am Werke war, und wie trotz allem in diesem rastlosen Vorwärtsdrängen und Sichausbreiten kräftiges Leben steckte.

In dieser Riesenstadt, in der alles wie am Schnürchen ging, in deren Straßen es keine Bettler gab, keine Unordnung, keine Unreinlichkeit, die unvergleichlich besser verwaltet war wie das so viel kleinere München, konnte man eher Hochachtung vor preußischer Tüchtigkeit empfinden als Angst vor baldigem Verfalle.

Aber was sich nachträglich dozieren läßt, ist, daß man sich gerade in Berlin hätte klar werden können, wie unfruchtbar eine Opposition ist, die sich ausschließlich auf Kritik beschränkt.

Eine intelligente Bürgerschaft, die ihrer freisinnigen Tradition anhing, wirtschaftlich große Erfolge errang, in der Verwaltung Mustergültiges leistete, brachte, von jedem Einflusse auf die Geschicke des Staates ferngehalten, gegen diese schädlichste Bevormundung und ihre verderblichen Folgen lange nicht den Widerstand auf, den die vorhergehende Generation einer erfolgreichen Regierung entgegengesetzt hatte.

Ja, in dem Lächeln über die zahlreichen sehr starken Entgleisungen des persönlichen Regiments lag verzeihendes Wohlwollen und wirklich nicht die Erbitterung, die zur Befreiung von diesen unheilvollsten Dingen hätte führen können.

Der gutmütige Spott, mit dem man die Aufstellung der das Stadtbild verunzierenden Denkmäler hinnahm, wandte sich schonend gegen die Planlosigkeit der inneren wie der äußeren Politik und verkehrte sich nicht selten in ein beifälliges Schmunzeln über tönende Phrasen.

Welche ängstlichen, unschönen Rücksichten selbst solche Männer in Bann halten konnten, die mit ihrer Opposition ein bißchen kokettierten, hatte ich schon im Frühjahr 1901 gesehen.

Die Eröffnung einer Ausstellung der »Sezession« wurde durch ein Festbankett gefeiert, und es waren schon etliche Worte gegen höfische Kunst gefallen, als sich aus der Mitte der Gäste unser Münchner Georg von Vollmar erhob und eine kluge, sehr gemäßigte Rede hielt.

Die Aufnahme war freundlich, aber es gab bei allen näher oder offiziell Beteiligten derart betretene Mienen, daß es auffallen mußte.

Georg von Vollmar sagte zu mir: »Sehen S', denen is mit ihren geschmerzten Redensarten über freie Kunst nicht ernst; denen wär nix lieber, als wenn der Kaiser kommet, und wär er da, könnt er über die Rinnsteinkunst sagen, was er möcht, sie hätten alle miteinander die größte Freud drüber …«

Es zeigte sich, daß er noch mehr Recht hatte, als er vielleicht selbst glaubte. Gleich nach der Rede sah man Herren, die von einem Tisch zum andern gingen, eifrig einander in die Ohren tuschelten – und am Abend, als ich noch mit einigen Häuptern der »Sezession« in einem Kaffeehause saß, griffen diese begierig nach den Abendzeitungen und stellten aufatmend fest, daß in den ausführlichen Berichten über die glänzende Eröffnung der Ausstellung die Anwesenheit des sozialdemokratischen Führers und seine Rede mit keinem Worte erwähnt waren.

Man hatte die Berichterstatter oder Redaktionen durch

Bitten dazu gebracht, daß sie das kompromittierende Ereignis totschwiegen.

Dabei hatten sich die Herren seit Jahren darin gefallen, die allerhöchste Abneigung gegen die moderne Kunst als Aushängeschild zu gebrauchen, und die größeren wie die kleinen Kapazitäten hatten gerne gezeigt, wie sie ihre Unbeliebtheit lächelnd und stark zu ertragen wüßten.

War es auch kein erschütterndes Ereignis, so zeigte es doch als Beispiel aus vielen, und auch darin, daß sehr ernsthafte und bedeutende Männer die Schwäche bewiesen, wie sehr die Ausartung des persönlichen Regimentes in den Fehlern der Regierten begründet war.

Gegen eines lehnte ich mich auch damals schon auf: daß immer wieder betont wurde, der Kaiser habe den besten Willen, meine es gut und vergreife sich nur in den Mitteln.

Es gab in Berlin sehr viel gut Unterrichtete und Eingeweihte, die ihren Herrscher zu ehren glaubten, wenn sie mit Bonhomie versicherten, er möchte wohl, aber er könne nicht.

Männer, die in ihrem Wirkungskreise das Beste leisteten und die bei keinem ihrer Angestellten den Willen für die Tat hätten gelten lassen, hegten keine Bedenken über das Schicksal des Landes, wenn die größten politischen Fehler nicht aus Böswilligkeit begangen worden waren.

Das wurde zum üblen Schlagworte, bei dem sich allzu viele beruhigten.

In Wirklichkeit stammte die Zufriedenheit oder dieser Mangel an Auflehnung aus Saturierung durch guten Verdienst und glänzende Geschäfte.

Die Sozialdemokratie aber – das habe ich damals geglaubt, und heute bin ich erst recht davon überzeugt – hat den Angriff gegen die gefährlichen Schadenstifter abgeschwächt, von ihnen abgelenkt durch maßlose und doktrinäre Polemik gegen den Kapitalismus.

Das alles ließ sich um das Jahr 1902 in Berlin schon sehr eingehend beobachten. Ich will nicht behaupten, daß ich mich hellseherisch argen Befürchtungen hingab, doch habe ich mich darüber zuweilen geärgert und meinem Ärger auch unbekümmert Ausdruck verliehen.

Dies verschmitzte Volk der Bayern

Bayerisches Kleinstadtleben

Klein und eng war es in jener Stadt und von einer Gemüt-
lichkeit, die einen jungen Mann verleiten konnte, hier sein
Genüge zu finden und auf Kämpfe zu verzichten. Es ist altbayerische Art, sich im Winkel wohlzufühlen, und aus Freude an bescheidener Geselligkeit hat schon mancher, um den
es schad war, Resignation geschöpft.

In dem Landstädtchen schien es sich vornehmlich um
Essen und Trinken zu handeln. Durch die Gassen zog viel-
versprechend der Geruch von gedörrtem Malz, aus mächtigen Toren rollten leere Bierbanzen, und am Quieken
der Schweine erfreute sich der Spaziergänger in Erwartung
solider Genüsse.

Zur allwöchentlichen Schranne und zu den Märkten
strömten die Bauern herein, und dazu herrschte ein starker
Verkehr von Musterreisenden, die von hier aus die nahege-
legenen Orte besuchten. *Aus: Erinnerungen*

Anfänge

Da war ich also Rechtsanwalt in dem kleinen Orte D., und weil ich der erste war, der sich hierorts auf diese Weise sein Brot verdienen wollte, konnte ich nicht verlangen, daß alle Welt von meiner Bedeutung oder meinen Aussichten überzeugt war.

Der Schneidermeister, in dessen Hause ich eine Wohnung gemietet hatte, brachte mir ein stilles, aber inniges Mißtrauen entgegen, das wiederum nicht frei war von einem wohlwollenden Mitleid. Der Vorstand des Amtsgerichtes, dem ich mich sogleich vorstellte, strich einen langen, grauen Schnurrbart und heftete seine scharfen Augen auf mich.

Dann sagte er nur: »So, Sie san der?«

Es war manches aus den Worten herauszulesen, nur keine freudige Zustimmung zu meinem Unternehmen.

Wenn ich über die Straße ging, merkte ich wohl, daß sich Leute nach mir umdrehten, und wenn ich auch nicht feinnervig war, merkte ich doch, daß sie sich frei von allem Respekt über meine mutmaßliche Zukunft unterhielten.

Am reichbesetzten Stammtische legten mir alle diese fest angestellten, besoldeten und pensionsberechtigten Männer Fragen vor, die ihre Überlegenheit ebenso wie ihre Zweifel dartaten.

Das alles entmutigte mich nicht, aber wenn ich heim kam und durch meine drei kärglich möblierten Zimmer ging, in denen die Schritte so stark widerhallten, dann packte mich doch ein Gefühl der Unsicherheit und der Vereinsamung.

Ich half mir auf meine Weise. Mit dem alten Zimmerstutzen meines Vaters schoß ich nach der Scheibe und vertrieb mir die langweiligsten Stunden.

Denn wenn ich mich an den Tisch setzte und etwa zu lesen versuchte, hörte ich mit einem Male diese Stille um mich, ich horchte auf sie, und sie klang mir brausend in die Ohren.

Da fiel mir alles schwer aufs Herz, was einmal war und nie mehr sein würde, und ein Heimweh kam über mich nach lieben Menschen, nach Dingen und Zuständen, von denen ich für immer hatte Abschied nehmen müssen.

Das waren Trübseligkeiten, über die mir keine Arbeit weghalf, weil ich keine hatte.

Wenn ich die Treppe herunterstieg und in die Werkstatt meines Schneidermeisters einen Blick werfen konnte, beneidete ich die blassen, jungen Leute, die darauflos nähten von Montag bis Samstag und jeden Feierabend und jeden Feiertag sich redlich verdienten.

Das sah anders aus als in meiner leeren Stube, an deren Wand zwecklos ein kleiner Tisch stand, auf dem ein Paket frischer Papierbogen lag neben dem nagelneuen Tintenfasse, den ungebrauchten Federhaltern und scharfgespitzten Bleistiften. Drei, vier lange Tage schlichen vorbei, ohne daß jemand zu mir gekommen wäre.

Der fragende Blick des Hausherrn wurde eindringlicher, die Bemerkungen am Stammtische wurden berechtigter, die Mienen aller mir begegnenden Spießbürger wurden höhnischer. Wie lange ich nachts mit offenen Augen im Bette lag und nun erst recht die brausende, tosende Stille um mich herum hörte!

Leute standen vor mir, die mich mit ernsten Augen anblickten und mir die Aussichtslosigkeit meines Versuches darlegten, Menschen, die ich liebte und denen ich auch etwas galt – gegolten hatte.

Denn was war dann, wenn ich hier scheiterte und allen recht gab, die mir abgeraten hatten?

Es waren lange Nächte.

Gegenüber lag eine Schmiede, und vor Tagesanbruch klangen schon die Hammerschläge.

Da mußte ich aufstehen, zuschauen und mir immer wieder sagen, das sei Arbeit, Freude und Leben.

Am fünften Tage kroch mir schon die häßlichste Mutlosigkeit ans Herz.

Aufstehen und warten, in der Stube herumgehen und warten.

Den Zimmerstutzen hatte ich in eine Ecke gestellt.

Mir war gottsjämmerlich zumut. Mein ganzes Vermögen von achtzig Mark ging zur Neige, und mit Schulden beginnen wollte mir doch als Anfang vom Ende vorkommen.

Da!

Nein, es war keine Täuschung, hell und durchdringend läutet die Glocke an meiner Wohnungstüre.

Ich eilte hinaus und öffnete.

Ein hochgewachsener, wohlbeleibter Mann mit einem mächtigen altbayrischen Knebelbart stand vor mir, und sein städtischer Anzug war für mich eine Enttäuschung, weil er so gar nicht wie ein prozessierender Ökonom aussah.

Aber vielleicht ein Gutsbesitzer, Pächter oder Verwalter?

Das schien mir zweifelhaft. Eher konnte er ein behäbiger Bürger des Marktes sein, und ja, das würde wohl stimmen.

»Hab' ich die Ehr', den Herrn Rechtsanwalt ...?«

»Bitte, kommen Sie nur herein ...«

Ich mußte so etwas von der einladenden Höflichkeit eines Friseurs, eines Zahnarztes, des Besitzers einer schlechtbesuchten Schaubude an mir haben.

Der Gast stand hoch und breit in meinem Zimmer und war sich, wie ich merken konnte, sogleich über die Situation klar.

»Aha!« sagte er, » –m–hm – da is aber a bissel – – «

»Wie meinen Sie?«

»A bissel laar is.«

»Ich lasse mir meine Möbel erst nachkommen«, sagte ich. »In den ersten Tagen möchte ich natürlich nicht – – «

»Freili, natürli. Aba wo san denn de Büacha?«

»Die kommen auch nach.«

»M–hm – ja – ja. – I will Eahna was sag'n, Herr Dokta. Dös erste, was Sie hamm müass'n, san Büacha. Es is ja scho weg'n de Klient'n. Da wenn oana rei kimmt zum Beispiel, nacha muaß's ausschaug'n da herin, als wia 'r in a alt'n Kanzlei. An dera Wand da drüb'n, da müass'n lauta Büacha steh', und da herent, da müassen S' a so a Stellaschi mit Papier und Aktendeckel hamm. Derfen S' ma 's glaab'n, i hab scho mehra junge Herrn o'fanga sehg'n …«

»Das kommt alles, aber mit was kann ich Ihnen dienen?«

»Mir? Dös wer i Eahna glei sag'n. I bin nämli der Vertreter von der Buchhandlung Maier – I. A. Maier & Sohn – Sie kennan ja die Firma? …«

Es war wieder eine Enttäuschung, und diesmal eine ziemlich starke.

»N … nein …« sagte ich.

»Dös wundert mi, aba mir lerna uns scho no bessa kenna,« antwortete er, und es strömte ein wirkliches und wohlwollendes Behagen von ihm aus. »Mir lerna uns no guat kenna. Nämli, unser Spezialität is ja, daß mir junge Herrn Rechtsanwält ausstaffiern, und i kann Eahna sag'n, i hab scho ziemli viel Herrn ausstaffiert. Lesen S' no …«

Er gab mir eine Karte.

I. A. Maier – Buchhandlung – Spezialität – Anlage von Bibliotheken für Herren Notare und Rechtsanwälte – An- und Verkauf von juristischen Bibliotheken – Kulante Gewährung von Teilzahlungen – usw.

»Seh'gn S', Herr Dokta, dös is dös, was Sie brauchan.

De Wand da drüben, de muaß ganz zuadeckt sei mit lauta Büacha. Erschtens« – er streckte den Daumen aus – »brauchan Sie wirkliche juristische Büacha – dös kriag'n ma nacha – zwoatens« – er gab den Zeigefinger dazu – »brauchan Sie Entscheidunga – mir hamm antiquarisch a paar Sammlunga – drittens« – und jetzt kam der Mittelfinger – »drittens, da gibt's so Amtsblätter und alte Verordnungsblätter, de ja koan Wert nimmer hamm, aba de san hübsch groß, in blaue Pappadeckel ei'bund'n, und macha an recht'n Krawall, de nehman sie großartig aus in da Kanzlei. De kriag'n S' von uns drein, an achtz'g Bänd für zwölf Markl…«

»Das ist alles recht schön, aber…«

»Nix aba!« Er sagte es energisch und jede Widerrede abschneidend. »Dös is dös, was Sie brauchan, Herr Dokta. Und jetzt schreib'n mir amal auf, was Sie für wirkliche Büacha hamm müass'n. Mit 'n Strafrecht fanga ma 'r o…«

Und er fing mit dem Strafrecht an und nannte im befehlenden Ton alle anderen im besten Ansehen stehenden Kommentare, schrieb sie mit der Füllfeder auf, fand immer noch ein Buch und gab es dazu, und erklärte endlich, daß mir nunmehr einigermaßen und fürs erste geholfen sei.

Alle Zahlungsbedenken schnitt er kurz ab, und erst, als er sein dickes Notizbuch in die Brusttasche und seine Füllfeder in die Westentasche gesteckt hatte, gab er den befehlshaberischen Ton auf und wurde wieder umgänglich.

»Soo«, sagte er gemütlich, »jetza hamm ma 's, und Notabeni, i mach no mei Gratulation, daß Sie Eahna hier niederlassen hamm. De Gegend is guat, de Bauern streit'n gern, g'rafft werd aa no, Gott sei Dank, da hat a junger Rechtsanwalt a ganz a schön's Feld der Betätigung, und jetzt bhüat Eahna Good!«

Er schied mit einem freundlichen Lächeln von mir, und seine Worte taten mir wohl. Nur allmählich wurde mir klar, daß diese Anschaffung auf Kredit meine Stellung nicht gerade gebessert und befestigt hatte.

Ein ereignisloser Tag, der nun folgte, und die Gewißheit, der ich entschlossen ins Gesicht sehen mußte, die Gewißheit, daß ich das nächste Mittagessen würde schuldig bleiben müssen, ließen mir die Bestellung einer Bibliothek als verbrecherische Torheit erscheinen.

Die Schneider nähten, die Schmiede hämmerten, der Rechtsanwalt schaute zum Fenster hinaus auf den Marktplatz.

Vor seinem Bäckerladen stand der dicke Herr Holdenried und stocherte in den Zähnen herum und gähnte und spuckte aus, und tat das alles mit Ruhe, wie sie eine gefestigte Sicherheit gibt.

Zwei Häuser weiter stand der Seiler Weiß auf dem Bürgersteig und zeigte ebenso aller Welt, die es wissen wollte, daß er sich sattgegessen hatte.

Sie riefen sich etwas zu und lachten, und Herr Holdenried ging ein paar Schritte hinauf, und Herr Weiß ging ein paar Schritte herunter, bis sie beisammen standen und offenbar von den gleichgültigsten Dingen miteinander redeten. Jeder stand würdig und breitbeinig und zahlungsfähig auf dem Pflaster und jeder wußte, daß aus irgendeinem Fenster, oder aus mehreren Fenstern, neidische Blicke auf sie geworfen wurden. Und jeder wußte, daß er wie Vater und Vatersvater den Neid verdiente.

Ob je einer von diesen niederträchtigen Spießbürgern Sorgen getragen hatte, oder auch nur wußte, wie der Gedanke an morgen bleischwer auf dem Magen liegen konnte?

Sie bliesen die Luft von sich und waren zufrieden mit sich und einer mit dem andern, und dann ging Herr Holdenried ein paar Schritte hinunter und Herr Weiß ein paar Schritte hinauf, und sie schloffen durch ihre Haustüren ins Behagen zurück.

Und es war doch wieder die Glocke! Es war gewiß und wahrhaftig wieder die Glocke! Ein kleiner, schmächtiger Mann stand vor der Türe. An seinen Stiefeln hing zäher Lehm, und ich sah wohl, daß er auf Feldwegen gegangen war, und in seinen Blicken lag etwas Unsicheres, Fragendes …

»Sind Sie der neue Herr …«

»Ja, jawohl, kommen Sie nur herein, bitte!«

Es klang immer noch wie die Einladung einer Schießbudenmadam, nur zögernder.

Und das war also ein Lehrer aus Irzenham, einem weit entlegenen Orte, der zu einem anderen Gerichte gehörte, aber der Herr Lehrer war etliche Stationen weit mit der Bahn gefahren, hier ausgestiegen, und nun eben, nun war er da.

Es handelte sich um eine Beleidigung. Eigentlich um eine ununterbrochene Reihe von Kränkungen, Beleidigungen und Ehrabschneidungen.

Man mußte weit zurückgreifen. Es handelte sich, wenn man es recht sagen wollte, um einen förmlichen Krieg zwischen Pfarrer und Lehrer, Sie wissen ja, wie das leider so häufig vorkommt … Ob ich es wußte! Und ob ich nicht, was ich wußte, mit starken Worten sagte, mit Entrüstung, allgemeiner und gerade auf diesen Fall angewandter besonderer Entrüstung!

Wie konnte man einen Mann, der … und wie konnte man einen Lehrer, dessen dornenvoller, verantwortungsreicher Beruf – und so weiter – Wie konnte man das?

Der Pfarrer hatte es gekonnt. Er hatte schon bald, nachdem der Herr Lehrer nach Irzenham versetzt worden war, begonnen, die Stellung des Mannes zu untergraben, ihn zu reizen, ihn zu verdächtigen, ihn herunterzusetzen. Man mußte da weit zurückgreifen und die Irzenhamer Geschichte der letzten drei, vier Jahre kennenlernen, um dann wieder hier vorgreifend, dort Rückschlüsse ziehend, um, auch den schlechten Charakter des neu gewählten Bürgermeisters so ganz begreifend, zu verstehen, warum und wieso die letzten Angriffe auf den Herrn Lehrer, dessen Ehefrau Amalie und wiederum deren Schwester Karoline von langer Hand vorbereitet und besonders giftig waren.

Man mußte weit zurückgreifen, und ob ich es gern tat!

Ob ich nicht politische Bemerkungen einfließen ließ und mich voll und ganz auf die Seite der Lehrer stellte, ganz allgemein aus Gesichtspunkten, die für jeden anständigen Menschen gelten mußten, die in jedem vernünftig geleiteten Staat, die in jeder ordentlich verwalteten Gemeinde überhaupt nicht in Frage kommen konnten!

Ob ich sie nicht mit juristischen Bemerkungen spickte!

Ob ich nicht selber von einer sittlichen Entrüstung durchbebt war!

Und ob ich nicht immer wieder betonte und feierlich versicherte, daß diese seit Jahren auf Irzenham drückende schwüle Temperatur bloß durch das Gewitter einer Gerichtsverhandlung gereinigt werden könne und müsse!

Ja, ich hatte wirklich das Gefühl der Erleichterung, der Befriedigung, als es nun endlich feststand, daß ich als Kläger gegen den Pfarrer auftreten würde!

Es sollte dabei nichts verschwiegen werden.

Aber gewiß nichts!

Die Irzenhamer Geschichte der letzten vier Jahre sollte vor dem Forum der Öffentlichkeit aufgerollt und unter eine alle Winkel erhellende Beleuchtung gesetzt werden. Darauf konnte sich der Herr Lehrer verlassen.

Darauf konnten sich der Herr Lehrer, seine Ehefrau und deren Schwester Karoline unbedingt verlassen.

Die Vollmacht war unterschrieben. »Und ja, womit kann ich noch dienen?«

»Ich möchte«, sagte der ehrenwerte und in allen seinen

Gefühlen heftig verletzte Mann, »ich möchte natürlich einen Vorschuß erlegen, aber ich habe leider nicht mehr als fünfzig Mark bei mir ...«

Er zog einen reizenden, von der liebenden Hand der Ehefrau gestickten Geldbeutel hervor und nahm wundervoll klingende Goldstücke daraus ...

Ich schwieg und sah ihm zu.

Ich dachte durchaus ernsthaft darüber nach, wie unsagbar roh man veranlagt sein mußte, wenn man diese Frau, welche die hübsche Geldbörse vermutlich zu Weihnachten gestickt hatte, kränken oder ihrer Schwester Karoline zu nahe treten konnte!

Der Lehrer faßte mein tiefsinniges Schweigen irrtümlich auf.

»Ich kann Ihnen ja noch einiges schicken, wenn das nicht genügt ...«

»Es genügt«, sagte ich und ließ meine Gedanken nicht weiter abschweifen.

Er zählte das Geld auf den Tisch, ich schrieb mit scheinbarem Gleichmut eine Quittung, alles sah geschäftsmäßig und richtig aus, und er wollte nach höflichem Abschiede gehen.

Da drängte sich mir eine Frage auf die Lippen.

»Herr Lehrer, wie kommt das nun eigentlich? Ich meine, wie kommen Sie von Irzenham hierher und zu mir?«

»Hierher? Hm–m ...«

»Sie haben wahrscheinlich meine Anzeige im Wochenblatt gelesen?«

»Nein ... eigentlich nicht ...«

»Und wieso ...?«

»Ich wollte nämlich nach München fahren und dort zu einem Anwalt gehen, aber in der Bahn ... wissen Sie ... da war ein Herr ... ein gebildeter Mann, so militärisch hat er ausgesehen ...«

Der Lehrer zwirbelte mit der Hand einen imaginären Schnurr- und Knebelbart ...

»... wie ein alter Soldat und auch in der Sprechweise ... nicht wahr ... Und ja, wir sind ins Gespräch gekommen, wie man eben eine Unterhaltung beginnt, und da erzählte ich dem Herrn von meinem Prozeß ...«

»Richtig, dem Herrn erzählten Sie ...«

»Daß ich nach München fahre, um einen Anwalt aufzusuchen, und da sagt er zu mir: Was wollen Sie denn in München? Wissen Sie denn nicht, daß ein ausgezeichneter Anwalt hier ist? Er meinte nämlich, hier ...« Der Lehrer machte eine Verbeugung.

»Bitte!« sagte ich ruhig.

»Ja, und der Herr erzählte von Ihnen in sehr schmeichelhafter Weise, und er sagte, es sei ein Glück, wenn sich in der Provinz so gute Anwälte niederlassen, Sie entschuldigen, Herr Doktor, wenn ich das so wiedererzähle, aber ...«

»Bitte!« sagte ich ruhig.

»Sie müssen schon öfter für den Herrn Prozesse gewonnen haben?«

»Möglich«, log ich. »Momentan natürlich kann ich mich nicht erinnern ...«

»Ein auffallend großer Mann mit einem militärischen Bart«, wiederholte der Lehrer und zwirbelte einen unsichtbaren, martialischen Bart ...

»Er war, wenn ich so sagen darf, sehr energisch. Wie der Zug hier anhielt, und ich ... Sie entschuldigen, Herr Doktor, weil ich Sie doch nicht kannte ... und ich wußte noch nicht, ob ich aussteigen sollte, da hat er mich gewissermaßen hinausgeschoben und hat mir meinen Mantel und meinen Regenschirm hinausgereicht, und er sagte immer: Sie müssen zu dem Anwalt hier gehen. Das ist der rechte Mann für Sie, und er sagte: Sie werden mir ewig dankbar sein, denn sehen Sie, sagte er, in der Großstadt, da hat man nicht das

Interesse und die Zeit, da werden Sie kurz abgefertigt, sagte er – und da ist der Zug schon weggefahren, und ich bin dagestanden. Ja, und der Herr hat noch zum Fenster herausgesehen und hat mir gewunken ... hm ... ja ... und da bin ich eben zu Ihnen gegangen ... und wenn ich so sagen darf, ich bin eigentlich froh ...«

»Seien Sie unbesorgt, Herr Lehrer, ich werde energisch für Ihr Recht eintreten ...«

»Ja, und wissen Sie, diese Äußerung gegen meine Schwägerin Karoline, die muß besonders hervorgehoben werden ...«

»Sie *wird* hervorgehoben«, sagte ich mit starker Stimme, »wir wollen einmal sehen, ob der politische Fanatismus alles und jedes beschmutzen darf, wir wollen sehen, ob ... kurz und gut, Sie können beruhigt heimfahren.«

Die Augen des Lehrers leuchteten auf. Er bot mir die Hand und schüttelte sie und ging ...

Ich nahm zuallererst die Goldstücke und ließ sie klirrend auf den Tisch fallen und wieder in den hohlen Händen aneinander klingen.

Ha!

Ob ich mich an den Mann erinnerte, der einen so befehlenden Ton hatte, wenn er die Bestellung einer Bibliothek erzwang oder zaghafte Klienten zum richtigen Anwalt schickte?

Es sollte mehr solche Männer geben!

◆◆

Der Menten-Seppei

Eine altbayerische Wilderergeschichte

Es war ein Schütz in seinen besten Jahren,
Der ward hinweggeputzt von dieser Erd,
Man fand ihn erst am neunten Tage
Bei Tegernsee am Peißenberg.

Du feiger Jäger, das ist eine Schande!
Und bringt dir ganz gewiß kein Ehrenkreuz.
Es fiel der Jennerwein ja nicht in off'nem Kampfe,
Der Schluß von hinten, der beweist's.

Nun ruht er sanft im Tale wie ein jeder
Und wartet stille auf den Jüngsten Tag.
Dann zeigt uns Jennerwein den Jäger,
Der ihn von hint' erschossen hat.   *Schlierseer Volksballade*

Diese Geschichte ist wahr. Alle Leute, die zwischen Tölz und
Miesbach wohnen, kennen sie, und mancher würde es mir
verübeln, wenn ich etwas dazu täte oder davon wegließe.
Also will ich bei der Wahrheit bleiben.

In der Schießstätte zu Tegernsee hängt neben vielen
schön gemalten Ehrenscheiben eine, die besondere Aufmerksamkeit verdient. Ein grimmig blickender Jäger schaut
mit dem Gewehre im Anschlage hinter einem Baume hervor. Neben ihm fletscht eine rauhborstige Dogge die Zähne.
Beide machen einen unangenehmen Eindruck auf den Be-

schauer; man sieht ihnen an, daß sie schwer umgängliche Wesen waren. Und der Eindruck ist richtig. Denn das Bild stellt vor den königlichen Revierjäger Johann Mayr von Gmund mit seinem Fanghunde, genannt »Donau«.

Johann Mayr lebte um das Jahr 1832 zu Gmund; sein Haus wird heute noch gezeigt. Es steht unterhalb der Mangfallbrücke. Er war ein verwegener und überaus scharfer Jäger, der sein Revier mit aller Gewalt sauber hielt. Manchen schlauen Wildbretschützen hat er überlistet und ihn hinaufgeschossen, daß der Rauch wegging. Und manchem jungen Burschen hat er vorzeitig zur ewigen Seligkeit verholfen. Ohne Ave-Maria und Sterbgebet, im grünen Wald.

Sein letztes Opfer war der junge Sohn des Mentenbauern von Hausham, der Menten-Seppei. Dessen trauriges Schicksal trug sich aber folgendermaßen zu. An Martini, den 11. November 1832, schoß der Mesner Anderl, königlicher Jagdgehilfe von Schliersee, beim Eckardt-Kreitl am Ostiner Berge einen kapitalen Hirsch. Dies tat er nicht mit Rechten, denn der Platz lag im Revier des Johann Mayr. Aber, wie es so geht, er wollte den Prachtkerl nicht hinten lassen, als er so schön vor ihm stand. Da zündete er an, und – pumps – der Hirsch lag da. Hinterdrein bedachte sich der Mesner Anderl, und es fiel ihm ein, daß der Mayr in solchen Dingen einen ganz schlechten Tabak rauchte. Also ging er her und versteckte den Hirsch sorgfältig unter Dachsen und Laubstreu. Alsdann begab er sich nach Gmund zum Gastwirt Obermayer, woselbst er einige Halbe Bier trank und vom Fenster aus die gegenüberliegende Wohnung des Revierjägers beobachtete. Er wollte sich Gewißheit verschaffen, ob Mayr seinen Dienstgang nach Ostin oder nach einer anderen Richtung hin mache. Denn er dachte, daß er seine Jagdbeute nur dann in Sicherheit bringen könnte, wenn Mayr nicht um den Weg war.

Nach einiger Zeit sah er wirklich den Revierjäger. Dieser

verließ ruhig und gemächlich sein Haus und schlug die Straße nach Tegernsee ein. Also war die Luft sauber, meinte der Anderl, und eilte nach Ostin zurück. Bei den Eckardthäusern traf er den Menten-Seppei, seinen alten Spezi und Schulkameraden. Er versprach ihm einen Kronentaler, wenn er ihm den Hirsch nach Schliersee fahre. Der Seppei ließ niemalen keinen Freund nicht sitzen, und darum versprach er auch dem Anderl seine Hilfe. Die zwei verabredeten, daß Seppei in der Nacht mit dem Schlitten zum Eckardt-Kreitl fahren und mit Anderl den Hirsch auflegen sollte.

Nun hatte aber der Revierjäger Mayr bereits Kenntnis davon, daß dort unter der Streu ein Vierzehnender versteckt lag. Der Jagdgehilfe Riesch hatte den Schuß gehört und ging ihm nach. Er fand den Hirsch und meldete es seinem Vorgesetzten. Mayr faßte sofort Verdacht auf einen Wilderer, und weil er mit allen Schlichen vertraut war, vermutete er ganz richtig, daß der Frevler zuerst in Gmund herumspionieren werde. Für diesen Fall wollte er den Lumpen sicher machen und tat so, als ginge er ahnungslos nach Tegernsee. In St. Quirin aber bog er vom Wege ab und stieg von der Neureuth zum Eckardt-Kreitl hinunter.

Dort paßte er nun mit Riesch in der mondhellen Nacht auf den vermeintlichen Wilddieb. Er hatte seinen Hund Donau bei sich, eine bissige Dogge, die auf den Mann dressiert war und ihm schon oft guten Beistand geleistet hatte.

Der Seppei fuhr zur verabredeten Zeit an die Wolfsmühle, wo ihn Anderl erwartete. Als die beiden am Eckardt-Kreitl anlangten, sah Anderl am Waldrande etwas Verdächtiges und sprang heimlich vom Schlitten herunter. Gleich darauf wurde Seppei angerufen. Noch bevor er antworten konnte, riß ihn der Hund des Revierjägers vom Schlitten herunter und versetzte ihm mehrere Bisse.

Erst nach einiger Zeit pfiff Mayr seinen Hund zurück und stellte den Burschen zur Rede.

Seppei wollte den Freund nicht verraten und verlegte sich aufs Lügen. Das bekam ihm schlecht, denn der wütende Jäger hieb ihm mehrere Male mit dem Bergstocke über den Buckel und zwang ihn dann, den Hirsch aufzulegen. In Gmund wurde Seppei in das Försterhaus geführt und an das Stiegengeländer gebunden. Mayr schlug ihn hier mit der Hundepeitsche, daß das Blut an ihm herunterlief. Die ganze Nacht blieb Seppei angebunden bis um vier Uhr morgens. Da wurde er wieder auf den Schlitten geschnallt, um nach Miesbach gebracht zu werden.

Während der Fahrt scheute das Pferd. Mayr konnte es nicht mehr lenken und befreite Seppei von seinen Fesseln, damit er das Tier beruhigen sollte. Anfänglich ging es gut, aber plötzlich setzte der Gaul quer über die Straße. Seppei konnte ihn nicht halten; seine Gelenke waren geschwächt, und er fiel halb ohnmächtig vom Schlitten hinunter.

Da glaubte Mayr, daß der Gefangene fliehen wollte, und in Wut darüber schoß er ihm eine Ladung gehacktes Blei in den Rücken. Er ließ den Sterbenden im Schnee liegen und fuhr nach Miesbach, wo er bei Gericht seine Tat als berechtigt zu schildern wußte.

Seppei wurde aufgefunden und zum Landarzte Scheucher verbracht, in dessen Hause er wenige Stunden später unter qualvollen Schmerzen starb.

Der wilde Revierjäger wurde für seine Grausamkeit schwer bestraft. Nicht vom Gerichte. Das ließ ihn ungeschoren, denn, wie gesagt, damals machte man nicht viel Umstände wegen eines wildernden Bauernburschen. Der gestrenge Herr Landrichter hielt zu den Jägern, die das wertvolle Revier des Königs hüteten.

Aber die jungen Burschen im Tegernseer Land waren damals sowenig wie heute der Meinung, daß man eine solche Tat ruhig hinnehmen muß. Sie wollten den toten Kameraden rächen. Und sie besorgten das gründlich.

Ein Jahr nach dem Vorfall, wiederum am Martinitage, erhielt Mayr die Nachricht, daß am Giglbergfelde gewildert werden sollte. Der Schlaue ließ sich überlisten.

Mit zwei Jagdgehilfen, dem Nikolaus Riesch und Johannes Probst, begab er sich dorthin und legte sich auf die Lauer. Nach kurzer Zeit erblickten die Jäger unter einer Buche am Giglbergfelde einen Mann mit geschwärztem Gesichte. Es war der Waldhofer Hansl, ein alter Freund des Menten-Seppei, der die Aufgabe übernommen hatte, den Mayr anzulocken. Die Jäger stürzten sich auf ihn, und die Dogge des Revierjägers richtete den Burschen schon übel zu, als plötzlich sechs seiner Kameraden die Jäger umringten und mit dem Gewehrkolben auf sie einschlugen. Mayr fiel schwerverwundet zu Boden, ebenso Riesch, der Jäger Probst stellte sich tot und rettete auf diese Weise sein Leben. Riesch starb den nächsten Tag, Mayr erst im März des darauffolgenden Jahres. Er kam nicht mehr zum Bewußtsein und konnte die Täter nicht namhaft machen. Der Jäger Probst aber bezeichnete den Waldhofer Hansl als einen der Mörder, und da man auf seiner Brust die vernarbten Hundebisse fand, welche er im Kampfe davongetragen hatte, wurde er verurteilt – zu sechzehn Jahren Kerker. Er verriet keinen, und so mußten die andern Burschen nach mehrjähriger Untersuchungshaft freigelassen werden. Im Friedhofe zu Gmund liegen die erschlagenen Jäger.

Auf einem alten Steine las ich die Inschrift: »Hier ruhet der ehrengeachtete Johann Mayr, königlicher Revierjäger in Gmund. Er starb an den Folgen der Wunden, die er im Kampfe mit ruchlosen Wilderern erhalten, am 16. März 1834.« Und auf einer Tafel neben der Sakristei steht: »Hier ruhet Nikolaus Riesch, Jagdgehilfe in Gmund. Er fiel in treuer Pflichterfüllung an der Seite seines Herrn, unter den Streichen der Wilddiebe, am 12. November 1833.«

So hat sich die Geschichte zugetragen. Die sittliche Weltordnung ist aber dabei wieder einmal nicht auf ihre Rechnung gekommen. Denn der Hauptschuldige, der Mesner Anderl von Schliersee, der sich am schlechtesten benommen hatte, fand nicht den Lohn seiner bösen Tat. Wenigstens nicht auf dieser Welt. Und wahrscheinlich auch nicht in der anderen. Denn er hat sich von der wüsten Jägerei abgewendet und einen gar frommen Beruf ergriffen, der ihm Gelegenheit bot, durch einträgliche Frömmigkeit seine Sünden abzuwaschen. Er wurde wohlbestallter Pfarrmesner zu Irschenberg. Seine feige Tat soll er freilich bereut haben. Wenigstens sagte das Lied, das Max Herndl von Kammerloh über diese traurige Geschichte verfertigte:

»Es war der Jäger von Schliers schon selber voll Verdruß,
Daß er des Sepps Unglück war, weil er den Hirschen schuß.«

Trotzdem aber wurde er dick und behäbig wie alle Kollegen in diesem heiligmäßigen Berufe und starb erst dreißig Jahre später in seinem Bette.

◆◆◆◆◆◆◆◆◆◆◆◆◆◆◆◆◆◆◆◆◆◆◆◆◆◆◆◆◆◆◆◆◆◆◆◆

Die Probier

Ursula Reischl steht auf dem Hausanger hinter dem Hofe und tut Mist breiten.

Es ist ein schöner Herbsttag, und die Nachmittagssonne brennt so heiß herunter, daß die Ursula oftmals die Arbeit aussetzt und ein bissel Umschau hält, um zu rasten.

Sie wischt sich mit dem Ärmel die Schweißtropfen von der Stirne und fährt mit der Hand ein paarmal unter der Nase auf und ab. Dann nimmt sie wieder eine Gabel voll Mist und schüttelt ihn bedächtig auf den Anger.

Mit einem Mal tönt ein schriller Pfiff vom Hofe herüber, und dann noch einer.

Die Urschel schaut um und sieht, daß ihr der Vater winkt. Sie stößt die Mistgabel in den Boden und geht bedächtig auf das Haus zu.

»Wos geit's?« fragt sie, als sie näher gekommen ist.

»Der Brandlbauer ist do mit sein' Nazi und schaut's Sach o. Mach, daß d' in d' Stuben neikimmst.«

»Is scho recht«, sagt die Urschel und geht mit dem Vater in das Haus.

Vor der Küchentüre bleibt sie stehen und schlieft mit den bloßen Füßen in ein Paar Pantoffeln.

Dann tritt sie hinter den Bauern in die Stube und schaut bolzengerade, aber doch ein bissel schüchtern, auf die fremden Leute.

Am Tische sitzt der Brandlbauer; ein stämmiger Alter mit grauen Haaren und glattrasiertem, braunrotem Gesicht.

Neben ihm sein Nazi im Feiertagsgewande. Lustige, kleine Augen, Stumpfnase, großer Mund, hinter dem eine Reihe gesunder Zähne heraussieht. In den gut entwickelten Ohrwascheln trägt er Sterne aus Goldblech.

Die Brandlbäuerin sitzt neben der Reischlin auf der Ofenbank. Man sieht nicht viel von ihren Zügen, weil sie durch das große schwarze Kopftüchel verhüllt sind.

Auf dem Schoße hält sie den bei Besuchen unerläßlichen Handkorb und darüber gebreitet einen blauen Schal.

»Da is d'Urschel«, sagt der Reischlbauer. »S' Good«, ruft der Nazi, und der Brandlbauer sagt: »Jetzt geh mi in Stall naus«, damit steht er auf, und die Gesellschaft setzt sich in Bewegung zur Haustür hinaus über den Hof.

Im Pferdestall, der sehr reinlich gehalten ist, sieht der Brandlbauer mit Wohlgefallen das hohe Gewölbe und die fetten Hinterteile der strammen Gäule.

»Achti?« fragt er.

»Ja«, sagt der Reischl, »und oaner is im Feld d'außt.«

»San neuni«, meint der Brandl und streicht dem nächststehenden Gaul mit der Hand bedächtig über den breiten Rücken.

»I hab allaweil Glück g'habt im Stall«, fährt der Reischl fort; »is guetta fünf Johr, daß mi koaner mehr verreckt is. No, 's Fuatta is guat; an Habern bau i selm.«

»Baust selm?« fragt der Brandl und schaut dem Rotschimmel prüfend in das Maul.

Währenddem führen auch die zwei Bäuerinnen ein eifriges Gespräch unter der Stalltüre.

»Und mit die Anten is mi gor net viel aufg'richt«, meint die Reischlin; »erst gesting hon i zu der Brummerin g'sagt, Brummerin, sag i, wann mi denkt, was mi an a so an Anten hifuattert, hab i g'sagt, nacha is leicht g'schaugt, sag i. Des muaß ma net moan, hab ich g'sagt, daß da Profit so groß is, sag i...«

»Do host recht, Reischlin, aba do is mi an Anten no liaba, wia so a Henn'…«

Die Brandlbäuerin wird durch ihren Ehemann unterbrochen, welcher mit seinem Nazi und dem Reischl unter die Tür tritt und sagt: »Jetzt schau mi an Kuhstall o.« Sie gehen darauf zu.

Der Nazi dreht hie und da den Kopf nach der Ursula um, welche mit der Mitterdirn hinterdrein geht.

Sooft er umschaut, rennt die Ursula ihrer Begleiterin den Ellenbogen in die Hüfte, und alle zwei halten die Hände vor die Mäuler, damit man nicht hören soll, wie sie gar so herzhaft lachen müssen. Im Kuhstall kommen auch die Weiber zum Reden.

Die Reischlin gibt die Vorzüge einer jeden Kuh bekannt; sie erzählt, wieviel Milch eine jede gibt und ob sie zwei- oder dreistrichig ist.

»Die Scheck sell doben is mi de allaliaba, Brandlin. I hab scho oft zum Bauern g'sagt, Bauer, sag i, die Scheck is mi de liabeste. Wann i anort nei geh dazua zum Melken, habt sie sie so staad. Da braucht's gar nix, sag i. A so a rechtschaffen's Vieh is, hab i g'sagt, daß 's grad a Freud is, sag' i …«

Der Stall ist eingehend besichtigt, und der Brandlbauer hat dem letzten Ochsen den Schweif aufgehoben und seine Qualitäten gemustert.

»Reischl«, sagt er jetzt, »mi g'fallt de Sach. Und indem mei Peter an Hof kriagt und der Nazi heiraten will, halt i für eahm um die Ursula o.«

»Mi is recht«, erwidert der Reischl, »und wenn mi aushandeln, übergib i an Hof.«

Die Ehe ist ein Vertrag, wie ein anderer auch. Soll er richtig werden, dann müssen die Leute wissen, wie sie daran sind.

Deswegen muß man sich vorher alles genau anschauen, damit man nicht hinterher ausgeschmiert ist.

Vorsicht ist besser wie Nachsicht, und für die Reu' gibt der Jud' nichts.

Ich wüßte noch viele Sprichwörter, um das zu entschuldigen, was ich jetzt beschreiben möchte, aber nicht sagen darf.

Kurz und gut, der Nazi ist der Meinung, daß man keine Katz' nicht im Sack kauft, und während die Eltern die Übergabe des Hofes besprechen müssen, hat er eine andere Prüfung vor, die nicht weniger wichtig ist.

Es wird kein Wort darüber verloren.

Das ist einmal so Brauch.

Die Eltern haben nichts dagegen, und die Ursula auch nicht.

Sie tut wohl ein bissel geschämig und schaut recht spaßig aus ihrem Kopftuch heraus.

Dann aber fährt sie sich ein paarmal mit dem Rücken der Hand unter der Nase auf und ab und geht, ohne daß es ein Zureden gebraucht hätte, langsam die Stiege hinauf, den Gang hinter, in die Menscherkammer.

Der Nazi marschiert tapfer hinterdrein; sie läßt die Türe offen, er lehnt sie zu, und das andere ist nicht mehr recht zum Erzählen.

Wir müssen die zwei schon allein lassen und wieder zu den Alten hinuntergehen, die in der Stube eifrig verhandeln. Die Bäuerinnen sitzen auf der Ofenbank und horchen zu, wie die Mannsbilder den Austrag besprechen und das Abstandsgeld.

Nur hie und da redet die Reischlin ein Wort mit, wenn ihre besonderen Interessen in Frage kommen.

»Fufzeh Henna muaß i b'halten derfa, und acht Anten und vier Gäns ...«

»Zu wos brauchst denn gor so vüll Henna?«

»Zu wos mi de Henna braucht? De braucht mi scho. Ich möcht Oar handln, daß mi a weng a Geld in d'Hand kriagt.

Bald braucht mi des, und bald braucht mi des ander. I mog net, daß mi geht wia der Huaberin. Reischlin, hat s' g'sagt, balst amol übergibst, sagt s', nacha nimmst da was G'scheits aus, hat s' g'sagt. I bin aa so dumm g'wen, sagt s', und hob nachgeben, hat s' g'sagt, und jetzt kon i wegen an jeden Oar zu der Bäurin laffa, sagt s', und muaß no recht schö bitten aa, hat s' g'sagt. Und des mog mi gor net …«

»No, no, Reischlin, wegen de Henna z'tragen mir uns net. Also, Reischl, nacha kriag's ös fufzehtausad March Abstandsgeld …«

»Ja, aba de Taub'n muaß i kriag'n«, fällt ihm die Reischlin ins Wort; »an Taubenkobel muaß i aa hamm, daß mi im Fruhjohr mit die junga Tauben handeln ko. Des gibt's gor it, daß i de Taub'n herlaß …«

»No, vo mir aus«, brummt der Brandlbauer, »also ös kriagts drei Zimmer zu da Wohnung, an Austrag, wia ma's g'sagt hamm, und fufzehtausad March Guatsabstand …«

»Ja, und acht Anten und vier Gäns; des sell gibt's gor it …«

»Jessas ja, du kriagst deine Anten scho. Also sechstausad March zahl i bei da Hozet, fünftausad auf Liachtmeß und viertausad auf Micheli 's nächst Johr. Is a so recht?«

»Mi is recht«, sagt der Reischl.

»Nacha mach ma's moring notarisch. Ös kembts um achti in da Fruah auf Dachau zum Ziaglerbräu. Bal i no net do bin, fragt an Bräumoaster, der woaß nacha, wo i bi.«

Im Rahmen der Türe erscheint in diesem Augenblick der Nazi. Und hinter ihm die Ursula.

Er schlenkert ruhig in die Mitte der Stube vor und dreht den Hut in den Händen; sie macht sich zu der Ofenbank hin und zupft an ihrem Kopftüchel.

Ihre Ankunft erregt kein Aufsehen.

Der Brandlbauer erklärt seinem Stammhalter, daß man sich herunten geeinigt hätte.

Da zieht der Nazi seinen Geldbeutel, nimmt bedächtig einen Silbertaler heraus und gibt ihn der Ursula als Darangeld, zum Zeichen, daß auch oben alles in Ordnung befunden worden sei und daß nunmehr der Vertrag als richtig und fertig gelte.

»So, und jetzt pfüat enk«, sagte der Brandl und geht mit seinen Leuten zum Hofe hinaus.

Sie drehen sich nicht um, und die andern schauen ihnen nicht nach. Die Ursula schlieft wieder aus ihren Pantoffeln und geht auf den Anger.

Sie zieht die Mistgabel aus dem Grasboden und fängt gemächlich die Arbeit an, wo sie aufgehört hat.

Währenddem ist der Brandl zügig dahingegangen; wie sein Weib einmal neben ihm her stapft, stößt er sie an und sagt: »Hast as g'seg'n, Bäurin, de oa Sau is guat trachti? Mi müassen schaug'n, daß d' Hozet bald is, sinscht vokaft da Reischl no g'schwind de kloan Fackein.«

Der Wittiber

Der Schormayer trat tiefe Löcher in die weiche Dorfgasse, wie er jetzt an dem trübseligen Herbstnachmittage heimging, aber er achtete nicht auf den glucksenden Lehm, der ihm an den Stiefeln hängen blieb.

Wenn er vom Wege abkam und beinahe knietief in den Schmutz trat, fluchte er still und lenkte in die Mitte der Straße ein, aber bald zog es ihn wieder links oder rechts an einen Zaun, und er blieb stehen und brummte vor sich hin: »Nix mehr is; gar nix mehr.«

»Himmelherrgott!« sagte er, wenn ein Windstoß in die Obstbäume fuhr und ihm kalte Regentropfen ins Gesicht schleuderte.

Ein Hund riß an der Kette und bellte ihm heiser nach; beim Finkenzeller öffnete die alte Mariann ein Fenster und rief ihm zu: »Derfst ma 's it übel ham, daß i net bei da Leich' g'wen bi; i hon an Wehdam in die Haxen und kimm it bei da Tür außi. I waar ihr so viel gern ganga, und derfst ma 's g'wiß glaab'n, i bi ganz vokemma, wia'n i dös g'hört hab, und weil sie gar so …«

Der Schormayer hörte sie nicht; er bog scharf um die Hausecke und war nun bald, unverständliche Worte murmelnd, an der Einfahrt seines Hofes.

Die Spuren vieler Tritte waren noch sichtbar; sie liefen mitten über den geräumigen Platz bis zur Haustüre, und bei ihrem Anblick raffte der Schormayer seine Gedanken wieder fester zusammen.

»Da hamm s' as raustrag'n. Ah mei! Ah was!«

Er faßte zögernd nach der Türklinke, als vom Kuhlstall herüber eine helle Weiberstimme klang.

»Bauer!«

»Was is?«

»Schaugst it eina? D' Schellerin hat a Kaibi kriagt?«

»Was nacha?«

»A Stierkaibi.«

Die Stalldirne klapperte auf ihren Holzpantoffeln mit hoch aufgeschlagenen Röcken näher heran.

»Vor a Stund is 's kemma, und hat gar it viel ziahg'n braucha, und i ho mir z'erscht denkt, i schick umi zu'n Wirt, aba nacha is an Tristl sei Knecht da g'wen, und nacha ...«

»Ja, ja! Is scho recht ...«

Er trat ins Haus und schlug die Türe hinter sich zu.

Im Flötz stand noch der weißgedeckte Tisch, und darauf ein Kruzifix, auch war ein süßlicher Duft von Weihrauch zu merken, und so blieb der Schormayer nachdenklich stehen und schaute die Stiege hinauf, über die sie vor wenigen Stunden seine Bäuerin heruntergetragen hatten.

Er zog den Mantel nicht aus und hing den Hut nicht an den Nagel; wie er war, ging er mit schmutzigen Stiefeln in die Stube und setzte sich auf die Ofenbank.

Es wurde schon Abend, und die Fenster schauten wie große Augen in die dämmerige Stube herein; eine Uhr tickte laut und aufdringlich, als das einzige Ding, was hier zu vernehmen war, und ihr Schlag und die Stille und dunkle Winkel erinnerten den Schormayer an seine Verlassenheit. Er dachte wohl nicht viel darüber nach und malte sich keine wehmütigen Bilder vor, aber er spürte die Einsamkeit, wie er sich so vornüber beugte und auf den Boden sah.

Da waren einige weiße Flecken; und wie er nachdachte, woher sie kämen, trat ihm lebhaft und deutlich die traurigste Stunde seines Lebens vor Augen.

Das waren Tropfen von Wachskerzen, und da herinnen waren die Weiber versammelt, als der Pfarrer die Leiche aussegnete.

Er hörte die Hammerschläge, die von oben herunter tönten, als sie den Sarg zumachten, und dann schwere Tritte auf der Stiege, und das Schleifen der Totentruhe, und die tiefen Stimmen der betenden Männer und die hellen der Weiber, und dann wieder durch die Stille eine fette Singstimme, der eine andere erwiderte mit fremden Worten, die er oft und oft gehört, aber heute sich erst gemerkt hatte:

»*Requiescat in pa-ha-ce!* A-ha-men!«

Eine zitternde, verschnörkelte Stimme, und dann das Klirren des Weihrauchfasses, und gleich darauf ein weißer beizender Rauch, der viele zum Husten brachte.

Und ein Flüstern unter den Männern, die den Sarg aufhoben, und wieder viele dumpfe Tritte, und schreiende Stimmen durcheinander.

»Vater unsa, der du bischt in dem Himmel, geheiligt werde dein Name ...«

Der Schormayer fuhr zusammen, weil die Stubentüre aufging.

»Wos geit 's?«

»I bin 's«, sagte die Stalldirne, die auf Strumpfsocken hereinkam.

»Was willst?«

»I ho ma denkt, ob's d' as Kaibi net o'schaugst, weil 's gar so fei' is.«

»Morg'n nacha.«

»Und d' Kuah is aa guat beinand; gar it viel ei'brocha.«

»So?«

»Ganz leicht is ganga; i hätt an Tristl Knecht schier gar it braucht; aba no, mi woaß net.«

Der Bauer gab keine Antwort.

Zenzi ging ans Fenster und schaute hinaus; gegen die

Helligkeit erschien ihre Gestalt so groß und mächtig, daß sie der Schormayer zum erstenmal daraufhin anschauen mußte. Die hatte einen Buckel wie ein starkes Mannsbild und dicke Arme und volle Brüste.

»Soll i dir a Kaffeesuppen kocha?« fragte sie.

»Na.«

»Aba d' Ursula werd so schnell it kemma, und i ko d' as leicht macha.«

»I mog nix.«

Zenzi trat zur Ofenbank; und wie der Bauer sie nicht wegschickte, setzte sie sich neben ihn.

Ihr Arm streifte den seinen, und eine Wärme ging von ihr aus, die ihm wohltat; den ganzen Tag hatte er das Gefühl gehabt, daß es ihn fröstle beim Alleinsein, und in der Stube hatte es ihn erst recht so überkommen.

Zenzi drehte den Kopf nach ihm zu; ihr sinnlicher, breit gezogener Mund und ihre flackernden Augen versprachen Dinge, die selten einer verschmäht.

Aber der Schormayer schaute sie nicht an.

»Wia lang is sie jetzt krank g'wen?« fragte Zenzi.

»A schlecht's Blüat hat sie scho lang g'hot«, erwiderte er, »aba g'leg'n is sie it länger wia 'r a viertl Jahr; dös woaßt ja selm.«

»An da Lungl hat 's ih g'feit, gel?«

»Ja.«

»A meiniger Vetta, wo i in Deanst gwen bi, hot's aa'r so g'habt und is alle Täg weniga worn. Da is g'scheidter, bal oans stirbt.«

»Ja, ja.«

»Dös ko mi net anderst macha, und da waar i jetzt net a so trauri.«

»Dös vastehst du z' weni«, sagte er und streifte sie mit einem Blick.

»Moanst?«

»Wenn ma so lang vaheireth is mitanand, da g'hört ma so z'samm, daß ma si dös gar it anderst ei'bild'n ko.«

»Aba d' Freud ko aa nimmer so groß g'wen sei.«

»Was für a Freud?«

»No, a so halt«, sagte Zenzi und stieß ihn mit dem Ellenbogen an.

Der Bauer schaute sie wieder an; ihr Mund war zu einem sinnlichen Lachen verzogen, und ihre Augen wichen nicht aus.

»Ah mei!« sagte er. »An selle Dummheit'n denkt mi do net.«

»Waar ma scho gnua!« sagt sie. »Da denkat i freili dro. Für was is ma denn vaheireth?

»Geah! Du bischt halt no jung und dumm. In Ehstand is ganz anderst als wia lediger.«

»Warum nacha?«

»Weil mi halt g'scheidter werd, und älter aa, und weil mi an was anders z' denka hot.«

»Du bischt do net z' alt.«

Zenzi rückte näher, und da faßte er mit einer groben Bewegung ihren Arm und drückte ihn fest.

»Herrgott! Aber Arm hoscht scho her!« sagte er.

»Da is was dro, gel?«

»Ja, du bischt scho a Mordstrumm Weibsbild!«

Er griff nach ihrer Brust.

Sie kicherte.

»Geah du!«

»Was hoscht denn für an Schatz?« fragte er.

»I ho koan.«

»Ja, dös wer i dir glaab'n. Vielleicht bischt gar no bei'n Jungferbund?«

»Da kunnt i leichter dabei sei als wia anderne. I mag mit die Bursch'n nix z' thoa hamm.«

»So schaugst du aus!«

»Weil nix g'scheidt's rauskimmt dabei. Aba du bischt oana! Hörst it auf? Hörst it auf?«

Sie lachte und wehrte sich gegen seine derben Griffe; er legte den Arm um ihre Hüfte und zog sie keuchend zu sich heran, und im Ringen fiel ihm der Hut auf den Boden.

Plötzlich machte sie sich mit einem Ruck frei und sprang in die Höhe. »Es kimmt wer!« sagte sie hastig und streifte ihren Rock zurecht.

Er sah verstört und mit blöden Augen nach der Türe und bückte sich, um seinen Hut aufzuheben, als Ursula eintrat. Sie warf einen schnellen Blick auf den Vater, der seine Verlegenheit verbergen wollte und den Staub vom Hute abblies, und dabei fuhr sie die Magd an:

»Was hoscht denn du da herin z' thoa?«

»I hon a Bauern g'sagt, daß mi a Kaibi kriagt hamm.«

»Na geh no wieda an Stall außi!«

»I geh scho.«

Der Schormayer kam ihr zu Hilfe.

»A Stierkaibi is, hoscht g'sagt? Gel?«

»Ja.«

»Und da Tristlknecht hat da g'holfa?«

»Ja. Da Toni.«

»Is scho recht nacha. Sagst eahm: i zahl eahm a paar Maß.«

»Jetz mach amal, daß d' weiterkimmst; du hoscht di lang gnua vahalt'n da herin, moan i«, schrie Ursula.

»S' nachstmal sag i halt nix mehr, bal dös aa no net recht is; und so was geht do an Bauern o.«

Zenzi schlug die Türe hinter sich zu, und man hörte sie noch im Flötz schelten, und ein Stück weit über den Hof.

Der Schormayer hatte derweilen seine Fassung gewonnen, und der Ärger stieg in ihm auf.

»Daß du gar a so grob bischt mit ihr?« fragte er.

»Red' liaba it, Vata!«

»Wos? Derfst du mir's Mäu biat'n? Gang dös scho o? Herr bin i, daß d' as woaßt!«

»Und dös g'hört si amal it, daß des Mensch da herin steht.«

»So? Geath mi dös nix o, was an Stall draußd g'schieht? Dös waar mi des neuest! Bin i gar nix mehr, weil d' Muatta nimma do is?«

Jetzt hatte der Schormayer einen Boden unter sich und kam sich in seinem Rechte gekränkt vor. Und da schrie er, daß ihm die Halsadern schwollen:

»Da waar ja i der gar nix mehr auf mein Hof, und 's Mäu laß i mi no lang it biat'n von Enk!«

»Dös hon i it tho.«

»Jo hoscht as tho! Aba probier 's grad nomal, na zoag i dir an Weg!«

»Mögst mi nausschaffa am nämlinga Tag, wo mi d' Mutta eingrab'n hamm?«

»Und i laß mir amal 's Mäu it biat'n!«

Der Lenz stand unter der Türe und schaute verwundert den Vater an, der zornig in der Stube auf und ab ging und die weinende Ursula anschrie.

»Was geit 's denn?«

»Dös is mei Sach!«

»Öhö!« machte der Lenz.

»Ja, gar nix öhö! Und Herr bin i, dös mirkt's enk all zwoa!«

Der Schormayer ging in die Schlafkammer, die nebenan war, und schmiß die Türe krachend ins Schloß.

»Was hot er denn?«

»I sag d' as scho an andersmal«, sagte Ursula weinerlich und ging hinaus; und droben hörte der Lenz sie murmeln und zwischen hinein sich schneuzen.

Der Heiratsvermittler

Johann Feichtl lehnte an einem Baume und schaute zu, wie seine Herde sich gütlich tat. Die Kühe blieben ruhig auf ihrem Platze und fraßen gewissenhaft links und rechts ab, was sie erreichen konnten; sie bewegten sich nur, wenn die Arbeit getan war, und traten dann ruhig einen halben Schritt vor, um von neuem anzufangen. Mit den Schweinen war das anders. Die fuhren hin und her, rissen hier und dort etwas vom Boden weg, blieben nirgends stehen, und wenn eines sah, daß das andere einen Fund machte, stürzte es grunzend hin und suchte es zu vertreiben. Sie waren beständig in Unruhe, voll Neid, und nicht einmal während des Fressens konnten sie es unterlassen, giftig herumzuschauen, ob es nicht einem anderen besser ginge.

Johann Feichtl bemerkte das alles wohl, und weil er ein Philosoph war, machte er sich seine Gedanken darüber. Er fand, daß die Schweine sehr ihren Brotgebern, den Gemeindebürgern von Kraglfing, glichen, und daß es nur recht wenig gäbe, die es so machten wie die Kühe. Er kam zu dem Schlusse, wie auch andere Gelehrte schon lange vor ihm, daß die Menschen, geradeso wie die Tiere, selten mit dem zufrieden sind, was sie haben, und daß sie den Brocken für den besten halten, welchen sie einem andern wegschnappen.

Warum das so ist? Es wird wohl so sein müssen. Übrigens beschäftigte er sich nicht lange damit, auf die Gründe einzugehen. Er liebte das nicht und begnügte sich nach Art der Philosophen mit der einfachen Tatsache. Dann legte er sich der Länge nach ins Gras, ließ sich von der Sonne anscheinen und dachte an gar nichts mehr.

Er zog Grashalme aus und strich sie langsam durch den Mund; dann versuchte er mit den Zehen Grasbüschel auszureißen und sie über den Kopf zu werfen, und er war eben daran, eine große Fertigkeit hierin zu erlangen, als er durch einen Bauernburschen gestört wurde, den der Weg vorbeiführte.

»S' Good, Feichtl!«

»S' Good, Hansgirgl! Wo aus und wo an?«

»Ein bissel zum Wirt nüberschau'n nach Zeidlfing.«

»Zum Zeidlfinger Wirt am hellichten Werktag? Zu was hast nachher das Feiertagsg'wand ang'legt?«

»Ja – hm! Du, paß auf, Feichtl, i muaß dir was sag'n. Magst a Ziehgarn?«

»Oane net, aber zwoa.«

»No, da hast drei. Nachher bist aber g'wiß z'frieden.«

›Was nur der Hofbauern Hansgirgl von mir haben will‹, denkt der Feichtl, ›daß er gar so freigebig ist. *Den* Fehler hat das Hofbauerngeschlecht sonst nicht.‹ Er läßt sich aber seine Gedanken nicht ankennen und verlangt ein Schnellfeuer.

»A schön's Wetta ham ma, Hansgirgl.«

»Is net übel.«

»Wenn da vöder Wind herhalt, ham ma no lang schö.«

»Ja«, sagt der Hansgirgl. »Du, Feichtl, wia viel moanst, daß an Moserbauern sei Cenz mitkriagt?«

›Aha!‹ denkt der Feichtl, ›jetzt hör i di gehn.‹

Und alsdann sagt er: »Ja mei, wer ko dös wissen? Ma ka dö Leut net in Geldbeutel neischaug'n.«

»Geh, stell di net a so, du Feinspinner, du woaßt as recht guat. Wenn'st ma's g'nau sagst, geht's mir auf an Preußentaler net z'samm.«

»So, auf an Taler? San drei Mark, gelt, Hansgirgl? Is a schön's Geld. Zu was willst es denn so g'nau wissen?«

»Ja woaßt, da Vata will übergeben nach der Arndt, und i soll an Hof kriag'n. Die Alt'n verlanga dreitausad March Umstandsgeld, und d'Hirwa herrichten kost aa tausad March, und nacha an Bruada wegzahln, sand aa viertausad March. No, da hab i z'nachst mit'n Mosernbauern g'spracht; der sagt, er gibt seiner Cenzl achttausadzwoahundert March mit. Moanst, daß dös wahr is?«

»Wo hast denn dein Preußentaler?«

»I bleib dir'n nit schuldi. Da hast'n.«

»Gelt's Gott«, sagt der Feichtl und schiebt den Taler ein. »So, Hansgirgl, jetzt will i dir's g'nau sagen: Der Moserbauer hat di net ang'logen. I woaß g'wiß, daß d' Cenzl siebentausad March Muatterguat hat, un dös andre laßt der Vater springa.«

»Nachher ist recht«, meint der Hansgirgl, »aft geh i glei num dazua.«

»Halt a wengl, jetzt muaß dar i was sag'n. I woaß dir a Hochzeiterin mit neutausad.«

»Wo?« sagt der Hansgirgl.

»Dös kimmt z'letzt. Z'erscht muaß i wissen, ob's d' magst.«

»Ja, wia wer denn i net mög'n?«

»Ma woaß oft net; sie is a bißl schiafecket g'wachsen.«

»San viel G'schwister da?«

»Na, aber a ledig's Kind hat s'.«

»Wer'n dö neutausad March baar auszahlt?«

»Ja, dö kriagst auf d' Hand.«

»Aft gilt's schon. Schlag ein, Feichtl!«

»Nur a bißl warten, Hansgirgl. Jetzt kimmt d' Hauptsach. Was kriag denn i?«

»Ja so! No, dös seg'n ma nacha scho, i laß mi net anschaug'n.«

»Na, na, mei Liaba, so geht der Handel net. I muaß mei G'wiß ham.«

»No, wiaviel verlangst denn?«

»Zwoahundert March.«

»Ah, dös is dennerscht z'viel! Hundertachtzgi mag i, aba mehra net.«

Nach langem Handeln einigen sich die zwei. Feichtl bekommt hundertneunzig Mark Schmuserlohn und muß zum Hochzeitsessen eingeladen werden.

»Is ma net Angst um dö zehn March«, kalkuliert Johann Feichtl, »i moa alleweil, i nimm mei Bettziachn (Bettuch) als B'schoadtüchel mit. – No, Hansgirgl,« fährt er laut fort, »jetzt will i dir sag'n, wie *sie* hoaßt. Appolonia Reischl, dem Göbelbauer von Zusering sei Tochter. Wenn's dir recht is, nachher kummst am Sunntag nach Huglfing zum Unterwirt, da mach ma nacha d' Hozet aus.«

»Is guat, i kimm. Aba Feichtl, dös sag i dir: neutausad Mark wann s' net hat, na reiß i di in da Mitt' ausanand. Pfüat di Good.«

»Pfüat di Good, Hansgirgl!«

Der Bauernbursche entfernte sich langsam nach Kraglfing zu. Er warf keinen Blick zurück auf das Dorf, wo die Moserbauern Cenzl wohnte, die beinahe seine Frau geworden wäre.

Johann Feichtl schaute nun wieder nach seiner Herde. Die Kühe hatten sich niedergelegt und sahen recht nachdenklich darein, während sie behaglich kauten. Sie glichen Leuten, welche sich recht satt gegessen haben und sich die Freuden des Mahles in die Erinnerung rufen. Die Schweine aber liefen noch immer hungrig und neidisch herum; sie hatten entschieden kein Verständnis für den Genuß, welchen die Verdauung gewährt.

Inzwischen war es Abend geworden. Die Bäume warfen lange Schatten, und die Fenster des Kraglfinger Kirchturms leuchteten, als brenne es inwendig. Da nahm Feichtl sein Horn und blies fest hinein. Die Kühe erhoben sich langsam, aber ohne Widerstreben. Man sah es ihnen an, daß sie das Verlangen des Hüters billigten und den Zeitpunkt als richtig gewählt betrachteten. Die Schweine brauchten manchen Peitschenhieb und trotteten höchst mißvergnügt auf dem Feldwege dahin.

Hinter der Herde ging Feichtl und überlegte sich, was er mit den hundertneunzig Mark anfangen sollte. Wenn ihm noch ein Schmus gelänge, könnte er sich wohl eine Kuh kaufen. Wer weiß? Das Jahr ließ sich gut an. Dann fiel ihm ein, was der Herr Pfarrer neulich gesagt hatte. »Die Ehen werden im Himmel geschlossen«, und er dachte an Hansgirgl.

Ich sagte es ja schon: Johann Feichtl war ein Philosoph.

Der Münchner im Himmel

Alois Hingerl, Nr. 172, Dienstmann in München, besorgte einen Auftrag mit solcher Hast, daß er vom Schlage gerührt zu Boden fiel und starb.

Zwei Engel zogen ihn mit vieler Mühe in den Himmel, wo er von St. Petrus aufgenommen wurde. Der Apostel gab ihm eine Harfe und machte ihn mit der himmlischen Hausordnung bekannt. Von acht Uhr früh bis zwölf Uhr mittags »frohlocken«, und von zwölf Uhr mittags bis acht Uhr abends »Hosianna singen«.

»Ja, wann kriagt ma nacha was z'trink'n?« fragte Alois.

»Sie werden Ihr Manna schon bekommen«, sagte Petrus.

»Auweh!« dachte der neue Engel Aloisius, »dös werd schö fad!« In diesem Momente sah er einen roten Radler, und der alte Zorn erwachte in ihm. »Du Lausbua, du mistiga!« schrie er, »kemmt's ös do rauf aa?«

Und er versetzte ihm einige Hiebe mit dem ärarischen Himmelsinstrument.

Dann setzte er sich aber, wie es ihm befohlen war, auf eine Wolke und begann zu frohlocken:

»Ha-lä-lä-lä-lu-u-hu-hiah!«...

Ein ganz vergeistigter Heiliger schwebte an ihm vorüber. – »Sie! Herr Nachbar! Herr Nachbar!« schrie Aloisius, »hamm Sie vielleicht an Schmaizla bei Eahna?« Dieser lispelte nur »Hosianna!« und flog weiter.

»Ja, was is denn dös für a Hanswurscht?« rief Aloisius. »Nacha hamm S' halt koan Schmaizla, Sie Engel, Sie boani-

ga! Sie ausg'schamta!« Dann fing er wieder sehr zornig zu
singen an: »Ha-ha-lä-lä-lu-u-uh- – Himmi – Herrgott –
Erdäpfi – Saggerament – – lu-uuu-iah!«

Er schrie so, daß der liebe Gott von seinem Mittagsschla-
fe erwachte und ganz erstaunt fragte: »Was ist denn da für
ein Lümmel heroben?«

Sogleich ließ er Petrus kommen und stellte ihn zur Rede.
»Horchen Sie doch!« sagte er. Sie hörten wieder den Aloisius
singen: »Ha-aaaaah-läh – – Himmi – Himmi – Herrgott –
Saggerament – uuu-uuh-iah!« …

Petrus führte sogleich den Alois Hingerl vor den lieben
Gott, und dieser sprach: »Aha! Ein Münchner! Nu natürlich! Ja, sagen Sie einmal, warum plärren denn Sie so unanständig?«

Alois war aber recht ungnädig, und er war einmal im
Schimpfen drin. »Ja, was glaab'n denn Sie?« sagte er. »Weil
Sie der liabe Good san, müaßt i singa, wia 'r a Zeiserl, an
ganz'n Tag, und z'trinka kriagat ma gar nix! A Manna, hat
der ander g'sagt, kriag i! A Manna! Da balst ma net gehst
mit dein Manna! Überhaupts sing i nimma!«

»Petrus«, sagte der liebe Gott, »mit dem können wir da
heroben nichts anfangen, für den habe ich eine andere Aufgabe. Er muß meine göttlichen Ratschlüsse der bayerischen
Regierung überbringen; da kommt er jede Woche ein paarmal nach München.«

Des war Aloisius sehr froh. Und er bekam auch gleich
einen Ratschluß für den Kultusminister Wehner zu besor-
gen und flog ab.

Allein, nach seiner alten Gewohnheit ging er mit dem
Brief zuerst ins Hofbräuhaus, wo er noch sitzt.

Die bayerische Regierung wartet heute noch vergeblich
auf die göttliche Eingebung.

Nachwort

Ludwig Thoma – wer kennt ihn nicht, den Verfasser der Lausbubengeschichten mit all den skurrilen, teils verklemmten, teils gemütlichen Figuren aus der bayerischen Provinz, (scheinbar) gesehen mit den Augen eines trotzigen Schülers? Weniger bekannt ist schon der naturalistische Schilderer der bayerischen Bauern, ihrer Pfiffigkeiten, ihrer Lust am theatralischen Prozessieren und ihrer Härte, wenn es um »d'Sach«, also um Gut, Erbe und Mitgift geht. Aber ist dies der ganze Ludwig Thoma, dessen Werk von vielen inneren Widersprüchen geprägt ist, die den Entwicklungsgang seines Lebens und dessen radikalen Bruch am Ende widerspiegeln, als er – schon krank – als Anonymus im »Miesbacher Anzeiger« nationale und antisemitische Tiraden vom Stapel ließ, und dies ungeachtet der Tatsache, daß die treue und verständnisvolle Lebensgefährtin seiner letzten Jahre eine Jüdin gewesen ist!

Der vorliegende Band will eine Art Wegweiser durch die weitgespannten Aspekte seines literarischen Werkes sein und Einstiege in viele Themen bieten, die Ludwig Thoma bewegten.

Am 21. Januar 1867 in Oberammergau als Sohn eines Försters am Tegernsee geboren, als Rechtsanwalt in Dachau und München tätig, wobei er »Land und Leute« in einer ganz spezifischen Weise noch besser kennenlernte, als es ihm als Altbayern ohnehin gegeben war.

Jedenfalls fand er für sein satirisches Talent und seinen

Sensus für Komik, für bayerische Warmherzigkeit und Spontaneität, aber auch »Hinterfotzigkeit« hier ein weites, präzis geschildertes Panorama.

Neigung zu Kritik und Ironie führte Thoma seit 1899 in die Redaktion des »Simplicissimus«, des brillanten, künstlerisch hochkarätigen Kampfblatts der »Prinzregentenzeit« gegen Scheinmoral, Spießertum und Kleinkariertheit jeglicher Couleur, aber auch gegen wilhelminisch-preußische Arroganz und dumpfen Klerikalismus. Berühmt wurde »Jozef Filsers gesamelter Briefwexel« (1909/12), eine ganz Deutschland amüsierende Parodie bayerischer Politik, die durch Eduard Thönys köstliche Illustrationen noch zusätzliche Würze bekam. Um die vielgerühmte Prinzregentenzeit, zweifellos die letzte Glanzepoche Münchner Kultur, nicht nur nostalgisch-retrospektiv zu verklären, sei hinzugefügt, daß Ludwig Thoma wegen seiner scharfzüngigen Polemiken auch im Gefängnis Stadelheim einsitzen mußte. Damals stand der erfolgreiche Poet, Bühnendichter und Satiriker im Zenit seines Ruhms und politisch im Lager eines weltoffenen, kulturbewußten Liberalismus und Pazifismus. Nicht umsonst gehörte er seit 1907 als Mitherausgeber und Autor der Zeitschrift »März« an, einem Periodikum, das sich in besonderer Weise für die Versöhnung zwischen Deutschland und Frankreich einsetzte. Doch war es ein böses Omen, daß dieses Organ schon vor dem Ersten Weltkrieg – dem »Ursündenfall Europas« – wieder einging.

Unsere Auswahl gilt vor allem jenen Texten Ludwig Thomas, die ihn als Satiriker, Humoristen und kritischen Vermittler bayerischer Art, Sprache, Lebens- und Denkweise zeigen. Hier, wie in seinen Dramen und Romanen aus der bäuerlichen Welt, bleibt er unerreicht und auf eine oft ambivalente Weise aktuell und herausfordernd. Seine sprachliche Virtuosität – ganz gleich, ob er sich hochdeutsch, altbayerisch oder parodierend »schriftbayerisch« äußert, wie in den Filser-Briefen – macht ihn auch für die Gegenwart, in der Bayerisches bundesweit chic ist, zu einem höchst anregenden, unterhaltsamen Erzähler ersten Ranges. Unser Buch will ein Weg zu ihm sein.

Friedrich Prinz